嘘

明野照葉

幻冬舎文庫

嘘

プロローグ

「未だに僕は、信じられないような思いだよ」悠介が言う。「まるでまだ悪い夢でも見ているようで」

「悪い夢……」

悠介の言葉を、思わず口のなかで小さく呟くように繰り返す。言いながら、まさに悠介の言う通りだと思っていた。

「もの凄い嵐か何かに巻き込まれて、はっと気がついた時にはここにいた——そんな感じで」

言ってから、悠介は「ごめん」と挟んでまた言葉を続けた。

「嵐という言い方はよくなかったね。悪い夢というのも」

「いいえ」美久は小さく首を横に振って言った。「実際、もの凄い嵐でしたし悪夢でした」

由紀（ゆき）の燃えるような瞳が脳裏に浮かんだ。冷たい炎のような狂気を宿した瞳だった。その瞳と眼差（まなざ）しが、真（ま）っ直（す）ぐ美久に突き刺さるように据えられている。思い出して美久は震えた。

「悠介さんにはいろいろとご迷惑をお掛けしてしまって本当に申し訳ありません。なのにまだこうしてつき合っていただいて……。私、何とお礼を言っていいか」ようやく言葉とはぐれることなく美久は言った。「ううん、お詫（わ）びですね。悠介さん、すみません」

「すみませんって。お礼だとかお詫びだとか、まったく水臭いし他人行儀だな、美久ちゃんは」

水臭い、他人行儀——ふたつの単語が、美久の頭のなかをぐるりと反転するように二度ほどめぐった。

「さあ、乗って」

ぼんやり漂うように歩いているうち、駐車場に着いていた。正確には何という色なのだろう、目の前には、濃いブルーをした悠介の車があった。

行きも乗せてきてもらったというのに、とぼけたことに、美久は後部座席のドアに手をかけようとしていた。

「こっち。美久ちゃん、僕はタクシーの運転手じゃないよ」

かすかな苦笑を滲（にじ）ませて、悠介が助手席のドアを開けてくれる。

「行きも帰りも送っていただいてしまって、すみません」

美久は車に乗り込んで言った。

「またすみませんか。もうすみませんはやめにしよう」

エンジンをかけ、悠介が車を走らせはじめる。

外車なので助手席は右側。悠介の車に乗るのは、今日が初めてではない。でも、これまで助手席に座るのはべつの人間で、美久が座るのは後部座席、乗る時は三人でというのが定番だった。なのに、今は自分が助手席に座っているという不思議……ずっと惚(ほう)けて凪(な)いでいた感情が、少しだけ揺さぶられる思いがした。

またあの瞳で由紀が美久を見据える。鋭い眼差し……白くて尖(とが)った顔だ。思い出したくはない方の由紀の顔。

「四十九日か……あっという間だったなあ」

ハンドルを握りながら、振り返るように悠介が言う。美久にというよりも、自らに向かって言っているような調子だった。

「これからどうしたって寂しくなるだろうけど、美久ちゃん、いつでも連絡ちょうだい。一人で耐えたりしないようにね」

「はい」とは言えず、美久は表情を失った顔のまま、フロントガラスの向こうの景色に視線を投げた。

　水臭い、他人行儀——悠介は言ったが、それがこれからの自分たちのあり方なのだと、美久は懸命に自分に言い聞かせるような心持ちだった。いつまでも、この人に甘えていてはいけない——。

「近いうち、二人でゆっくり食事でもしよう」

　美久の内なる決意を覆そうとするかのように悠介が言う。

「このところ美久ちゃんと会う時は、いつもこんな恰好だった。次はこういう恰好じゃなく、お互いもっとくつろげる服装でご飯でも食べよう」

「悠介さん、本当に私のことは——」

　言いかけた時、「わ」と、悠介が小さく声を上げた。

「凄い桜だな。何でだろう、行きは目にもはいらなかった」

　車窓の風景に目を向けているくせに、美久は何も目に映してはいなかった。悠介の言葉で現実に戻って景色を眺める。

　桜並木だった。桜のトンネルのなかを、悠介と美久を乗せた車は走っていた。

「これから毎年桜を見るたびに、今日のことを思い出すんだろうな」

　隣の悠介が言う。当然ながら、楽しげな調子ではなかった。どこか悲嘆を孕んだような諦念を感じさせる声。

（ずるい）

悠介の言葉を耳にして、自分でも思ってもみなかった感情が美久の胸に生じていた。そのことに少し驚く。そんな訳はない。だが、そう思ったのは、まるで由紀自身が重く冷たい石の下に納まる時期を見越して、あえてこの季節を選んで死んでいったような気がしたからだ。春が訪れ、桜が満開を迎える頃。毎年桜が咲く時期になれば、いやでも思い出さずにはいられない。

赤信号で停まった時、悠介が首もとに手をやり、黒いネクタイをほんの少しだけ緩めた。恐らく無意識の行為だったと思う。

黒いネクタイ、黒いスーツ。美久もスーツばかりか、ストッキング、パンプス、バッグ……全身黒ずくめの出で立ちだ。唯一の白は、首もとのパールのネックレス。

「折々僕からも連絡するけど、美久ちゃんも連絡ちょうだいよ。約束だよ」

「悠介さん――」

「華子も美久ちゃんのことを心配している」

鼻、顎……ちょっと鋭角な面立ちをした華子の顔が脳裏に浮かぶ。最初は高慢ちきで気の強い人かと思った。自信たっぷりで、美久の苦手とするタイプの女性。でも、何度か顔を合わせてみて違うとわかった。悠介と同じく、持って生まれたやさしさを内に備えた女性。

「やさしくて落ち着きがあって、品もあって。あんないいかたがいてどうして……」――霊園で言った叔母の敦子の言葉が、美久の耳のなかに甦る。悠介はもちろんだが、悠介だけではない。美久が知る限りのことだが、由紀はそれ以外にもよい人たちに恵まれていたと思う。周囲には多くの愛してくれる人たちがいた。

強い風が吹き抜けたのだろう。フロントガラスの向こうを、桜の白い花びらが盛大に舞い散った。一瞬の桜吹雪。由紀の怒りが巻き起こした桜吹雪のように美久には思えた。

（ずるい）

自分でも酷いと思う。そんなことを思うのはあんまりだ。が、美久は、凄まじいほどの桜吹雪を目にして、自然とまたそんな思いを抱いていた。

目次

第一章

1

今日はよい天気のようだ。窓のレースのカーテン越しに射し込む日の光が目に眩しい。

部屋には、キッチンからコーヒー独特の芳ばしい薫りが漂いはじめた。

「コーヒーもはいったみたい。そろそろ朝ご飯にしましょうか」

「そうね」

由紀と美久、ともに社会人だ。それぞれ出勤時刻は微妙に異なるが、朝はテーブルに向かい合って座り、簡単な朝食をとる——それが姉妹の十年来の習慣か決まりごとのようになっていた。朝の時間というのは慌ただしいものだ。が、慌てない。それだけの時間と余裕を持ってというのも、二人の決まりごとのようなものだった。さすがに毎日という訳にはいかないが、互いの予定は承知し合っているから、夕食もまた、週に二日ぐらいはこうして家で差し向かいでとる。友だち同士のように、仕事帰りに待ち合わせをして、二人で外で夕食を食べて帰ることもある。ショッピングや映画もだ。

「ほんとに仲のいい姉妹ねえ」――人からはよく言われる。

　事実、由紀と美久は仲がよい。幼い時のことを思い起こしてみても、美久は由紀とこれといった喧嘩をした記憶がほとんどない。子供っぽい言い合い程度がせいぜいで、大きな喧嘩にいたっては、皆無と言ってよいのではないか。むろん、美久は由紀からぶたれたことなど一遍もない。小さいからと小馬鹿にされたようなこともない。物心ついた時には、四つ歳上の由紀はすでにいわゆる「おねえさん」で、自分より幼い妹を思いやる気持ちを持ち合わせていたように思う。

　仲がよい――それは事実に違いない。が、姉妹二人の間には、その言葉だけでは片づけられないものがあることもまた事実だった。

　由紀と美久は、突然稲妻に打たれた直後、とてもまともには立っていられないような竜巻にでも巻き込まれたみたいになって、二人しっかりと寄り添っていないことには、それを乗り越えることができなかったし、やり過ごすことができなかったのだ。過去に、そんな事件があった。そのことによって、姉妹の結びつきはより緊密になった。互いが互いにとっての日常の一部であり、掛けがえのない存在であることが当然であるかのように。その関係とつながりは、絆という言葉をもっても正確には置き換えることができない。

　過去、姉妹に起きた事件を知っている人ももちろんいる。でも、事件を承知していない人には、必要がなければあえては語らない。だからそれを知らない人は、二人を「ほんとに仲のいい姉妹」と表す。

「美久ちゃん、今週末は？」

言ってから、由紀はフォークでスクランブルエッグを口に運んだ。

「え？」

「土曜日。私たちは、前にも言ったみたいに、二、三、物件を見てまわるつもりだけど、どう？　予定がないなら、夜は三人で一緒に食事でも？」

「いいわよ」

心持ち目を見開いて美久は言った。自然と顔が左右に振れていた。

「これ以上、お姉ちゃんの恋路を邪魔する訳にはいかないわ」

「恋路って」由紀がくすりと笑った。「美久ちゃん、案外古臭いこと言うのね」

「とにかく私のことは気にしないで。私も……もしかすると午後から出かけることになるかもしれないし」

「瀬戸(せと)さんと？」

「うん」

「本当？　予定がないなら、べつに遠慮しなくていいのよ」

「遠慮なんてしていない。だから、お二人でどうぞ。だいたいそれがふつうだし当たり前のことなんだから」

「わかったわ。じゃあ、そういうことで」

由紀は美久を見て、軽く頬笑んで言った。穏やかで澄んだ目をしていた。わが姉ながら、過剰でなく、いい表情だと思う。そして美久は、ずっとこんな由紀のほのかな笑みに励まされてきたし、癒されてもきたと改めて思った。

しみじみとするように朝からそんなことを思ったのは、この生活、こんな時間にも、遠からず終わりがくることを感じているせいかもしれなかった。由紀との別れ。いや、別れという言葉は適切ではない。門出と言うべきだろう。

由紀は今年三十二になる。かねてからの相手といよいよ結婚に向けて本格的に動きだした。土曜日に見てまわる予定でいるという物件も、二人での新生活を考えてのことだ。彼とのつき合いは、もう五年以上になるはずだ。早くから結婚の約束をしていたが、二人とも至極おっとりと構えていて、いったいいつ結婚するつもりなのかと、当事者ではない美久の方がやきもきするほどだった。長い春の末の破局などということはないとは思うが、あんないい人、こんないいご縁を逃したらどうするつもりなのか——。

「私は、美久ちゃんのウェディングドレス姿を見てからにしようかな」

由紀は言ったことがある。

「やめてよ。そんなのを待っていたらいつになるかわからないし、私だってプレッシャーだし責任感じちゃう」

「冗談よ」

由紀は笑ったが、まったくの冗談という訳ではなかった気もする。その言葉には、ほんのちょっぴりは本気も混じっていたのではないか。

二人の結婚にやきもきしていたのは、美久ばかりではない。由紀が三十になるかならないあたりから、向こうの両親も気を揉みはじめたし、早く式を挙げてきちんと一緒になることを急かしはじめた。それは、もちろん、由紀を気に入り、二人の結婚を望ましく思っているということもあるだろうが、由紀の歳があまりいかないうちに、自分たちの孫、ゆくゆくは跡取りとなる子供を産んでほしいという思いがあったからではないか。

それでもまだ二人はのんびりしていた。まるで恋人同士、婚約時代という春を、二人で存分に楽しもうとでもしているかのように。

ようやくだ。それがここにきてようやく具体的に結婚というゴールに向かって動きはじめた。

それは美久も心から待ち望んでいたことだ。が、いざそちらに向けて動きだしてみると、胸に一抹の寂しさを覚えることもまた否めなかった。でも、それを微塵も顔にだしてはいけない。美久は自分に言い聞かせていたし、明るく振る舞っていた。

それでも、まだ二人はのんびりしている。物件選びにしても式場選びにしても、一応表向きはそう称して、これまでのデートスポットを不動産物件やホテルめぐりに変えたようなところがある。その証拠に、来年の春あたりというだけで、式の日取りはまだはっきりとは決まっていない。

「あちらのご両親は四月には、とおっしゃっているけど、五月も新緑の季節で悪くないし、六月、ジューンブライドというのも悪くないし」

そんな調子だ。

「美久ちゃんは今日、朝一番で会議でしょ？　ここは私が片づけておくから少し早めに出かけたら？」

美久のもの思いを打ち破るように言ったかと思いきや、由紀がテーブルの上の食器を片づけはじめた。

「大丈夫。まだ時間あるし」

「いいわよ。二人でやるほどのものでもない」

のろのろしている訳ではない。逆に速やかなのだ。けれども、由紀の手の動きや身のこなしはどこか優雅でゆったりしているように見える。むろん、食器の片づけだけではない。由紀は車の運転もするが、安全運転なのは言うまでもなく、ハンドル捌きも実に滑らかで上手だ。何をやっても、由紀はそんな空気を醸し出す。美久がやればばたばたしてしまうようなことも、由紀はすいと優雅にこなす。べつに意識してそうしている訳ではない。ふつうにやっていてそうなるのだ。それは真似しようと思って真似できるものではない。そのことは、美久ももうずいぶん前に悟った。実の姉妹でも、由紀は由紀、美久は美久——。

「きれいなお姉さんね。大企業の秘書室にでもいそうな」

由紀と二人で銀座を歩いていてばったり会社の先輩に会ったことがあった。翌日、先輩は美久に言った。

先輩の評は、あながち外れていない。外れていないどころか、かなり的を射ていると言っていい。大企業ではないものの、由紀は銀座の老舗画廊として知られている七曜画廊で社長秘書をしている。母体の大きな会社ではないから、社長室にちんと納まっている秘書ではなく、広報も務めれば外部との折衝も務めるし事務もこなす、いわばマルチ社長秘書だが。

きれいという評もまた、外れていないと言っていいだろう。決してすれ違いざまに人目を惹きつけるような派手な美人ではない。匂い立つような色香もない。静かに整った細面の顔、長い髪がよく似合う。由紀はその種の美人だ。ふだんは凪いだように静かな表情をした由紀が頬笑むと、瞳にほのかな光が宿るし、向かって右側の唇の脇にほんの少し笑くぼができる。その表情が柔らかくてまたよかった。瞬時にして空気が和む。

姉妹といってもいろいろだ。双子のようによく似た姉妹もいれば、実の姉妹とは思えないほど似ていない姉妹もいる。由紀と美久の場合はどうだろう。同じ遺伝子を受け継いでいるだけに、むろん共通するところはあるものの、よく似ているというほどには似ていない。背丈はほぼ同じだが、二人で一緒にいれば、どちらが姉で妹か、あえて言わなくてもたいがいの人はわかる。由紀が落ち着いているというだけでなく、言ってしまえば、美久は妹顔なのだ。顔だけでなく、仕種(しぐさ)や物腰もまた、由紀に比べると子供っぽい。由紀のように振る舞いたいと思った時期もあるが、意図してそう振る舞ってみても、ついぎょっと目を見開いたり、わなわなとうろたえたり……咄嗟(とっさ)の時にやはり地がでる。自分でよくわかったから、由紀を真似て無理をするのはよしにした。

憧れの人——そう言ってしまうと大袈裟(おおげさ)だし、ことに他人にはおこがましくて言えない。だが、大人の女性としての落ち着きと魅力を備えた由紀は、やはり美久の自慢の姉だったし、憧れの女性であることに違いはなかった。理想の女性と言い換えてもいい。

身支度を整え、ショルダーバッグを肩にかける。

「それじゃ、お姉ちゃん、行ってきます」

美久は由紀に言った。

「はい。行ってらっしゃい」美久に応えて由紀が言った。「美久ちゃん、気をつけてね」

「はぁい。お姉ちゃんも気をつけてね」

靴を履きながら振り返って言う。

「気をつけてね」――どちらが先にでるにしても、言い合う言葉だ。子供が登校したり遊びにでたりする訳でないし、いい大人が出勤するのに、毎日「気をつけてね」でもないかもしれない。だが、二人は出かける時には決まってそう言い合う。今となっては「おはよう」や「おやすみなさい」というお定まりの挨拶（あいさつ）か何かのようになっているが、その言葉の始まりには、特別な思いがあった気がする。大人であったとしても、元気に出かけていったからといって、元気に帰ってくるとは限らない。そのことを知っている姉妹だからこその「気をつけてね」――。

エレベーターを降り、マンションの表にでる。ふと天を見上げる。やはり今日はよい天気だった。澄んだ空と目映（まばゆ）い光に清々（すがすが）しさを覚えて、美久はあるかなしかの笑みを無意識のうちに口許（くちもと）に滲ませていた。

2

西新宿の高層ビルのなかにウェラス本社はある。食器、調理道具、カトラリー……そうしたテーブルウェアを製造販売している会社だ。美久は、そのウェラスの商品部商品開発二課に勤めている。

母親の留美(るみ)が好んで使っていたということもあって、美久も昔からウェラスの製品には馴染(なじ)みがあった。洗練されてはいるが、洗練され過ぎてはおらず、使い勝手を重視しており、邪魔にはならないのがウェラスの製品のよさであり特徴であり、美久の好きなところでもあった。それで就職試験を受けてみたところ、思いがけずと言うべきか、受かってしまった。美久にとっては幸いなことだった。今年で勤めて五年目になるが、よい会社ではないかと美久は思う。商品開発二課は、製品試験を行なったり、上がってきたユーザーの感想や意見も踏まえて、製品の改善点を模索したりする部署だ。ほとんどが社内での業務だが、時には販売店やショールームに出かけることもある。

「はあ……」

書類を手に、同期の徳田真実(とくだまみ)の傍らを通った時だ。パソコン画面から、少し目線を上に外して溜息（ためいき）をついた真実の濁った表情が美久の目と耳にはいった。思わず薄い笑みが顔に滲む。

真実が午前中早いうちからやや不機嫌そうに顔色を濁らせている時は、その原因は仕事にはない。前夜、つき合っている彼氏と喧嘩をしたか、朝、出がけに母親と衝突したか、たいがいそのどちらかだ。顔にでる性質（たち）なのでわかりやすい。

「どうして帰ってからとか休日とか、時間も気持ちの余裕もある時に言わないかなあ。あの人、私がいざ朝会社に出かけるという時になると、どうでもいいようなことをぐだぐだ言いだすのが得意なんだもん」

あの人というのは母親のことだ。真実は母親のことをそんなふうに呼ぶ。

部屋が乱雑に散らかっている、クリーニングにだしたものを長いこと取りにいっていない、髪の色が茶色過ぎる……どうやら真実の母親は、そういったことを出勤直前に言いたがる癖があるようだ。真実も聞き流して出てきてしまえばいいものを、つい取り合っていざこざを起こしてしまうところがある感じがする。

「いつだって、頭ごなしというか、上から目線でものを言うからいやなのよね。あの人、私のこと、いったいいくつになると思ってるんだろう。一遍言いだすとしつこいし」

真実は言ったことがある。面白くなさそうな顔をしていた。母親の話となるといつもそうだ。

「とにかく、朝ああだこうだ言うのはやめてもらいたい。慌ただしい時間だし、それでなくても朝って機嫌の悪いものじゃない？　何度もそう言っているのに、いくら言っても駄目なんだもの」

「それだけ真実のことを気にしているってことじゃない？　喧嘩するのは仲のいい証拠って言葉もあるし」

美久は言った覚えがある。すると真実は大きく首を横に振って言った。

「実の母娘でも、仲がいいとは限らない。うちは駄目。全然性格違うから。それでいて老い先は結局私が面倒見ることになるんだよ。一人っ子だから。考えただけで今から憂鬱になっちゃう。ああ、うんざり」

真実は、あれこれと口うるさい母親には実際うんざりしているのだろうし、言っている通り、母娘、仲もそうよろしくはないのだろう。しかし、美久は真実のそんな愚痴を、どこか頬笑ましいような羨ましいような思いで聞いてしまう。

風化させてはいけない——よくそう言われる。阪神・淡路大震災や地下鉄サリン事件からは二十年以上が経つが、その時代に生きていた人間ならばたぶん忘れ去ってしまうことはないのではないか。東日本大震災にしても同様だ。かたや、十二年前の東南鉄道紀州線の脱線・衝突事故はどうだろう。死者十八名、負傷者百七名にのぼる大事故だったし惨事だった。けれども、一地方で起きたこの鉄道事故のことを、覚えている人間は少ないと思う。言われて思い出す人間もだ。

世話になった知人の墓参りもかねて、和歌山の温泉に一泊旅行に出かけるという両親を、むろん由紀も美久も引き止めることはしなかった。当時、美久は十六歳の高校生、由紀はすでに成人、二十歳の大学生だった。もはや二人とも、土、日両親に家を空けられて、難儀する年齢ではなかった。

「和歌山まで行くのなら、どうせだもの、もう一泊ぐらいしてきたら？」

由紀は言ったし、美久もそう勧めた。しかし、父の紀明は、仕事があるからと首を横に振った。

「だったらいっそのこと連休とか、三、四日日にちが取れる時にしたらいいのに」

「ちょうど土曜日が近藤さんの祥月命日なんだよ」由紀に応えて紀明は言った。「この機会に参っておかないと、機を逸してしまいそうで」

そういうことならと、由紀と美久は快く父の紀明と母の留美を送り出した。電車を乗り継いでの一泊旅行だ。長距離車を飛ばしてという訳でなし、とりたてて「気をつけてね」と、二人に念入りに言葉をかけた覚えもない。日本の鉄道は正確だし安全だ。無事目的地に行き着けば、無事家に帰ってきて当たり前。

だから、テレビで和歌山の東南鉄道紀州線の事故の一報を見聞きした時も、二人が行っているのと同じ和歌山だというぐらいで、特別心配したりはしていなかった。宿泊先は聞いていたが、どう電車を乗り継いで行くのかまでは聞いていなかったのだ。

が、警察から電話があって、事態は不意に他人ごとから我がことになった。最初、警察は、負傷者のなかに紀明と留美がいると思われる、というような言い方をした記憶がある。それが時を追い、また、こちらが突っ込んで訊くにつれ、負傷者から死亡者へと変わっていった。最初遠まわしな言い方をしたのは、警察は警察で、美久たち家族のショックを考慮してのことだったと思う。

突然にして起きたまさかの事態——それを現実として受け止めた時、頭のなかが真っ白になって、しばらくからだに止めようのない震えが走り続けたことだけは、今もはっきりと覚えている。あれは冷たい稲妻だった。脳天から打ち抜かれたようになって、血の退いたからだをただただわななかせるばかり……。

しかし、それ以外の記憶は判然としない。美久はひたすら茫然とするままに、後は怒濤のような物事の流れに押されていくだけだった気がする。たったひとつの救いは、自分のすぐ隣に由紀がいたということ。摑む腕があったということ。

美久は、あれ以上の最悪を知らない。

会社や買い物に行く時とおんなじだ。「行ってきます」と出かけたら、「ただいま」と帰ってくるのが当たり前。その当たり前が天が張り裂けるようにして破れ去った。帰ってこなかったのは実の父と実の母、しかも二人揃(そろ)ってだ。いや、二人は家に帰ってくるには帰ってきた。ただし、「ただいま」の言葉が口にできない冷たい軀(むくろ)となってのことだ。遺体の損傷が激しくなかったことがせめてもの救いだったが、もの言わぬ軀となった父と母は、何度見ても美久の知っている父と母ではないような感じがした。「嘘(うそ)」——美久は何度その言葉を口にしたかわからない。

あの時のことは、十二年経った今でも思い出したくない。思い出そうにも、明瞭(めいりょう)には思い出せないというのが実際のところに近い。あまりのことに動転しきったままだったということがひとつにはあるだろう。そしてもうひとつには、美久のなかで自己防衛本能のような装置が勝手に働いたせいではないかと思う。人間の脳は、耐えられないような出来事の記憶は抹消する方向に働くと聞いている。美久のなかでもそれに近いことが起きたのではないか。だから、詳細に思い出すことができない——。

大手食品メーカーに勤める常識的で温厚な父・紀明。前向きで穏やかな明るさが持ち前の母・留美。その大切な二人を、美久はいっぺんに失った。そこに由紀と美久を加えた中田(なかた)家四人の平和な生活は、一日にしてもはや永久に取り戻せないものとして瓦解（がかい）した。これを最悪、悲劇と言わずに何と言おう。

　真実が母親の愚痴を口にするのを耳にすると、あの事故がなかったら、今も紀明と留美が生きていたら、うちはどうだったろうと美久は思いを馳（は）せてみることがある。由紀はもう結婚していて家にはおらず、両親と美久、三人の暮らしになっていたかもしれない。遠慮のない家族同士だ。大人になった美久と留美の間で、真実と母親の間でのやりとりにも似た言い合いみたいなものもあったかもしれない。「美久ちゃん、ミュールは危ないし恰好悪いわ。やめなさい」「その服どうしたの？　また買ったの？」「もうじき二十八になるんだから、あなたもそろそろ結婚したら？」……。

　思いを馳せ、美久は根に哀しさを孕んだ苦笑を漏らす。想像だ。留美はいない。いくら考えたところで、すべては想像でしかないし、どう足掻（あが）いてもそれ以上のものにはならない。

　紀明五十歳、留美四十七歳。今となってはなおさらに、あまりにも若く早い死だったと思わざるを得ない。ウェラス社内にも同じような年齢の社員がいる。女性社員もだ。働き盛りの彼らを見ていて、二人はまだあんな歳だったのだと美久は思う時がある。

　紀明と留美がいようといまいと、由紀と美久、二人の姉妹が、仲のいい姉妹であることにたぶん変わりはなかったろう。何せ由紀が出来た姉だ。ただし、きっと今とまったく同じということはなく、二人の関係性は多少異なっていたと思う。よくいる姉妹のように、それぞれもっと勝手に個々の日々と生活を平然と送っていたと思う。常に互いの予定を承知し合っているような緊密さまでは、恐らく持ち得なかったのではないだろうか。だって、それがふつうだ。

（十二年か……）

振り返るような気持ちで美久は思った。

早くに結婚の約束をしておきながら、由紀がぐずぐずとして容易に結婚しないままここまできたのは、一人残される美久を思ってのことだったかもしれない。それともうひとつ。今年、紀明と留美、二人の十三回忌がめぐってくる。由紀にはそれを節目にしたいという思いがあったのかもしれない。自分が中田の家を出るのは、紀明と留美の十三回忌を終えてから――。

「私が結婚しても、これまで通り、私たちが姉妹であることや家族であることに、少しも変わりはないのよ。それは美久ちゃんが結婚しても同じこと」

いつだったか、由紀は美久に言った。

自分の結婚が近づいてきたからといって、ふつう、改めて姉妹の間で交わされるような会話ではないと思う。でも、二人は共通の悲劇を通り過ぎてきた。だからこそ、そんな会話が交わされる。それが由紀と美久姉妹であり、姉妹の特別さのようなものだった。

3

「それじゃお姉さんたちは今日、物件を見てまわってるんだ」

テーブルの向かいに座った瀬戸英則(ひでのり)が言った。

あてなくぶらぶらと街歩きした後、美久は英則と「ナラージョ」という店に腰を落ち着けた。主としてイタリアン系の料理をだすトラットリアだ。リーズナブルで味もまずまずなので、二人で時々利用している。

「それで急遽(きゅうきょ)、僕にお声がかかったという訳だ。一人でいるのが寂しくて」

続けて英則が言う。

「やだな。べつにそういう訳じゃないわ」

瀬戸英則——一応彼氏と言っていいのだと思う。大学の時の同級生で、知り合ってからはずいぶんになるし、つき合いはそれなりに長い。ただ、気がついた時にはつき合うようになっていたという感じで、知り合った頃も恋に落ちたというような熱情はなかったし、今も恋人同士というような濃い感情に欠けるところがある。「ヒデ」と呼ぶようにしているが、昔通りつい「瀬戸君」と言ってしまう時もある。実のところ美久のなかでは「瀬戸君」の方が落ち着きがよいのだ。それが二人の関係を物語っている。だから、「金曜、先輩とキャバクラで飲み過ぎちゃって」「明日は看護師グループと合コン」……などと聞かされても、心がざわつきささくれ立つようなことはない。ああ、そうか、と思う。それだけだ。こういう相手と結婚した方が、案外うまくいくのかもしれないと思うことがあるが、今のところ現実味はない。本人は今、中規模の通信関連会社に勤めているが、家は理髪店だ。それで英則も大学の時は、夜間、理容専門学校に通ったりしていた。

「いざとなったら、親父の床屋でも継ぐか」

　時としてそんなことを言う。言われると、余計に美久は腰が退けたようになる。

　床屋や理容師を低く見ている訳ではもちろんない。安定性の問題だ。個人経営というのは難しい。それに、やはり男はぱりっとスーツを着て勤めにでるものという感覚が美久にはある。

「美久はファーザーコンプレックスだからな」

　英則に言われることがあるが、それも頭から否定することはできない。紀明は、スーツの似合う男性だった。スーツでぱりっと決めながらも、片頬（かたほお）でちょっと笑うと、厳しさのなかに甘さが漂う。美久はそんな父が好きだった。

「で、お姉さんたち、今日はどこに？」

ナポレーゼのチーズを口に運びながら英則が言った。

「恵比寿とその近辺って言ってた」

「ふうん。麻布、青山あたりじゃないんだ」

「何で麻布、青山？」

「だって、相手は大金持ちの御曹司じゃない？　住むなら麻布、青山……そのあたりってイメージだから。うん、六本木なんていうのもアリだな」

たしかに、相手は銀座の老舗画材店、銀画材の跡取り息子だ。銀座の老舗……否、日本の老舗と言った方がいいかもしれない。銀座の一等地にビルを構え、素人からハイレベルなプロの要望にまで応える画材と高級文具を扱う銀画材の名前は、誰しも一度は聞いたことがあると思う。銀画材の特注品は、ある種ブランドだ。銀画材は、同じく銀座で銀画廊という画廊も経営している。目下、本人は広尾のマンションで一人暮らしをしているが、家は田園調布にある。紛うことなき金持ちには違いない。

しかし、一流の物や本物に触れることに金惜しみはしないが、無駄遣いはしないし無闇に贅沢もしない。質素倹約とまでは言わないが、思いの外、堅実な家柄だ。成り上がりではなく、昔ながらの商家ならではと思ったりする。だからこそ、先方も由紀を気に入ったし、由紀も変に気後れすることなく嫁ぐ気持ちになったのだと思う。

「マンションも、最初のうちは賃貸でいいなんて言ってる」マルゲリータに手を伸ばしながら美久は言った。「その方が、その時の状況に応じて動きやすいからって」

「え？　買うんじゃないの？　なのにしょっちゅういくつも物件見てまわってるんだ」

「そうなのよ。物件見たり家具見たり……もう二人の趣味みたいなものになってるんじゃないかと思ったりするわ。披露宴は帝都ホテルでする予定なのに、よその式場まで見にいったり」

「でも、天下の銀画材だもんな。やっぱりセレブだよな。お姉さんたちは、こんな店で食事をすることもないんだろうな」

「そんなことないって。私と三人で行く店も、べつに高級フレンチや高級割烹という訳じゃない。感じはいいけどふつうの店よ。ファストフード店にはいることだってある。そりゃあ、時と場合によっては有名な超高級店で食事をすることもあるでしょうけど、あの人たち、日々の暮らしは本当に贅沢しないのよ」

嘘ではない。何事に関しても、二人は過剰なことは好まない。華美でも派手でも贅沢でもなく、すべてに関してほどよいのだ。

「似た者同士か」

「そうね。見た感じや雰囲気もちょっと似てるかも」

「じゃあ、美男美女のカップルだ。お姉さん、美人だもんな。上品にしてたおやか。美久とは違ってさ」

「わかってるわよ、そんなこと」

美久は少し唇を尖らせて言った。が、その実、少しもいやな気持ちはしていなかった。由紀が褒められるのはいつでも嬉しい。子供の頃から、由紀にライバル意識のようなものを抱いたことはない。かといって、コンプレックスを抱いたこともない。そういう姉妹であり、関係なのだ。

「それで、七曜画廊の方はどうなってるの？　結婚したら、まさかさすがに七曜画廊に勤め続ける訳にはいかないだろう？　一応同業者、画廊ということでは競合相手と言える訳だから。七曜画廊の社長は納得しているの？」

「それは大丈夫」

七曜画廊の社長は高樹智宏という。高樹はことのほか由紀を気に入っていて、仕事のうえではむろん社長と秘書、雇用者と一従業員だが、一歩仕事を離れると、由紀を実の娘のように思って可愛がっているところがある。食事にも連れていくし家にも招く。高樹は由紀の結婚相手も、場合によっては自分が見つけるつもりだったかもしれない。美久も高樹に会ったことがあるが、いかにも銀座の老舗の社長然とした紳士だった。高樹は由紀のしあわせを第一に考えている。だからこそ、由紀の婚約とこの先の結婚を損得抜きで喜んでくれている。

由紀は目下、自分の後を任せる後輩女性を指導中だ。

「お姉さんにはお世話になってる。いつも本当に何かと助けられていますよ」

高樹と会った時だ。高樹は顔に笑みを浮かべて美久に言った。柔和でゆったりとした笑みだった。

「お姉さんは、物腰も柔らかければ人当たりも柔らかくて、相手の気持ちや場の空気を自然と和ませる。相手への思いやりや気遣い、気配りもすばらしいしね。だけどこの人はそれだけじゃない。女らしくておとなしげな印象とはまたべつに、聡明で判断力に優れていて、いざという時には、男以上の決断力と行動力を見せる。意思も強い。それで私は、お姉さんにすっかり頼りっきりですよ」

絶賛だ。多少はお世辞が交じっているかもしれないが、高樹の由紀評は決して大袈裟ではないし、的を外してもいない。一見物静かな由紀の決断力と行動力、意思の強さ——それは過去に美久もまざまざと思い知らされた。

紀明と留美の一周忌が済んでほどなくしてのことだ。いきなり由紀が引っ越そうと言いだした。宣言するみたいな調子だった。

それまで一家は、三鷹台の建売の一軒家で暮らしていた。由紀はそこを売ってマンションで暮らそうと美久に言った。

「どうして？」

美久が問うと、それに答えて由紀は言った。

「ここにはお父さん、お母さんの思い出が詰まり過ぎているから。みんないい思い出ばっかり。でも、いい思い出って、その元みたいなものが失われてしまうと、逆につらい思い出にしかならないものなのね。私、お父さんとお母さんを亡くしてみて思い知ったわ。ここにいると、キッチンからお母さんがひょこっと振り返って頬笑みそうな感じがするし、リビングではお父さんがソファに座って新聞読んでいそうな感じがするし……そんなことの繰り返し。いつまで経っても思い出のなかに沈んでしまう。その度、もう取り戻せないんだって、言いようのない哀しい気持ちに襲われる。美久ちゃんを見ていてもそうだってわかるわ。だから、思い切って新しいところに引っ越しましょう」

由紀の言う通りだった。由紀が出かけていて三鷹台の家に一人でいると、美久はすこんと欠け落ちてしまった紀明と留美の存在の大きさに改めて圧倒されるようになって、どうしようもない寂しさに見舞われてめそめそしたりしていた。庭を見ても、ガーデニングが好きだった留美の姿がないことに打ちのめされる。紀明や留美が使っていたマグカップや茶碗を目にしてもだ。その度二人の永遠の不在を感じて胸が痛んだ。しかし、だからといって、家族四人で暮らした三鷹台の家を出ることには、美久としてはためらいがあった。未練と言うべきかもしれない。紀明と留美を切り捨ててしまうことのように思えたのだ。それはそれでつらい。けれども、由紀は頑として譲らなかった。

「引っ越しましょう。美久ちゃんのためにも、その方が絶対にいいから」

かくして由紀は、まだ大学生でありながら、ローンの残った三鷹台の家を売って、西荻窪（にしおぎくぼ）のマンションへの引っ越しを敢行するに至った。粛々と物を捨て遺品を整理し荷物をまとめ……あの時の由紀は、まるで物に憑（つ）かれたかのようだった。美久はうじうじとしながらただそれにつき従っただけのことだ。まだ二十一歳、しかも女性——強い意思なくしてはなし得ないことだったと今でも思う。

引っ越してみて美久にもわかった。新しいところでの新しい暮らしというだけで、やはり気が紛れる。気づけば紀明と留美のことばかり考えているということが少なくなった。引っ越しハイとまでは言わないが、美久は埋めようのない悲しみから少しだけ解放された。以降、十一年弱、美久はその西荻窪のマンションで由紀と二人で暮らしてきたし、今も一緒に暮らしている。もしもあの時引っ越しておらず、今も三鷹台の家に住み続けていたら、未だに紀明、留美、二人の衣類や持ち物、靴……といった身のまわりのものに手をつけることができずにいたのではないだろうか。それに結婚ということで、今のマンションから由紀が消えるのとは違う。由紀が家から出ることになって、一人あの家に取り残されるとなったら、美久は今のような平静な気持ちではいられなかったと思う。

やはり引っ越したのは正解だった。由紀の判断と行動に間違いはなかったし、美久のこと、先々のことを見越しての英断に近い由紀の決断だったと思う。

「美久のところの姉妹はふつうとは違う。まあ、それだけ大きな共通体験をしていれば、姉妹の絆が深くなるのも当然だよな」英則が言った。「そのお姉さんがいよいよ結婚か。美久も寂しいな」

「寂しいけど、ずっと結婚しないでいられるのも心配よ。心配っていうより、責任感じちゃう。一生姉妹二人で暮らしていく訳にもいかない」

「でも、神様はいた訳だ」

「え？」

英則の言わんとするところの意味がわからず、美久はちょっと目を見開いた。

「だって苦労した分、お姉さんはとびきりの良縁に恵まれた訳だから」

「ああ、そういうこと。それはそうね。本当だわ」

英則の言葉に頷（うなず）いてから、美久は思わず苦笑した。

今日はまがりなりにも英則とのデートだ。にもかかわらず、二人で由紀の話ばかりしていることが可笑しかった。

4

ホテルでの二時間少々の午餐だ。午餐の後のティーラウンジでの歓談を加えても三時間というところで、たいして長い時間ではない。その三時間、美久にことさら緊張しているという意識はなかった。だが、家に帰って服を着替えてみると、尻から太股にかけての筋肉がちょっぴり痛むのに気がついた。そのつもりはなかったが、どうやら知らず知らずのうちに、からだに力がはいった状態で座っていたらしい。つまりは、やはり緊張していたということだ。

「美久ちゃん、お疲れさま。くたびれたでしょう?」

部屋着に着替えた由紀が言った。

「お姉ちゃんこそ。どうもお疲れさまでした……と言いたいところだけど、お姉ちゃんはこれでお終いじゃない。これからが始まりだもんね。頑張ってね」

「頑張ってね、か」

由紀がわずかに笑った。

今日は大友家、中田家、両家の一応正式な顔合わせの食事会だった。といっても、親族一同を集めてのことではない。中田家は当人の由紀と美久の二人、先方の大友家は、由紀の婚約者である悠介と悠介の両親である礼一と峰子、それに妹の華子の四人だから、総勢六名、身内だけでの会だった。親族への紹介は、結婚式と披露宴でいい――親のない由紀たちを気遣ってのことだったと思う。だから結納も、あえて大袈裟なことはしなかった。

悠介は言うまでもなく、美久は礼一と峰子、そして華子にも以前に会ったことがある。だから、顔合わせの食事会と言われても、臆するような気持ちは特になかった。

「いよいよ来春は結婚ということになったから、あちらのご両親が改めて両家の家族で顔合わせがしたいって」由紀は言った。「美久ちゃんがあちらのご両親や華子さんと会ってからも、考えてみるともうずいぶんになるものね」

それで出かけていった食事会――峰子は和服姿だったが、これといって格式ばったところはなく、終始穏やかで和やかな会だった。

「ああ、何だかまだお腹いっぱいって感じ」美久は言った。「夕飯、何時ぐらいにする？今日はパスタか何か……簡単なものでいいよね？」

「そうね。いつもよりちょっと遅めの時刻にしましょうか。作るまでもない。今夜はレトルトのソースで手抜きしましょ」

「賛成。それじゃ私、その頃まで部屋にいるね」

由紀とそんな会話を交わしてから、美久は洗面所ですっかりメイクを落とすと、自分の部屋に戻った。まずはパソコンでSNS……と思ったが、そのままごろりとベッドの上に寝転がる。恙なし——何の問題もない平和な食事会だったが、やはりそれなりに印象深い食事会であったことも事実だった。それだけに、ベッドでごろりとしていても、思いはどうしたってそちらに向かう。

「美久ちゃん、今日はどうもありがとう」

仕立てのよいスーツで決めた悠介は、頬笑みながら美久に言った。ふだんよりも輝きの感じられるいい笑みだった。

「僕らの結婚もいよいよ秒読み……というのは大袈裟か。まだ十ヵ月近くあるもんな。ともあれ、美久ちゃん、これからもどうぞよろしくね」

「こちらこそです」

美久はぺこりと頭を下げた。

悠介と会う度、と言ったら少々言い過ぎになるが、素敵な人だと美久は思う。流行りの甘い二枚目とは違うが、やはり悠介は美男の部類だ。スーツの似合うしっかりとした二枚目。

そういうことからすれば、紀明に通じるところがあるかもしれない。ファーザーコンプレックスは、美久だけの病気ではなかったのかもしれない。

「何にせよ、家族になる人間同士として、またこうして顔を合わせることができて嬉しいわ」峰子が言った。「二人ともほんとにのんびりしているんですもの。華子なんて、昔は、悠介にお嫁さんがきたら小姑力全開でいびってやるんだなんて張り切っていたのよ。それがすっかり待ちくたびれてしまって、いまや完全に戦意喪失」

「べつに待ちくたびれて戦意喪失した訳じゃないわ」峰子の言葉を受けて華子が言った。

「いつの間にか由紀さんに骨抜きにされちゃったのよ」

「骨抜き？」

「私だって馬鹿じゃない。敵わない相手と喧嘩はしないわ。由紀さんと会って、根っからやさしい人っているものなんだなと思ったのよ。由紀さんは、いい意味で天然なのよね。天然ほど厄介な相手はいない。何を言おうが何をしようが、みんなこちらの一人相撲になってしまうんだもの」

天然――聞いていて、言い得て妙だと美久は思った。ひとつ例を挙げるなら、ケイタイショップでの出来事がある。由紀とケイタイショップに立ち寄ると、二人の子供を連れた女性客が契約手続きをしていた。手続きにはどうしたってある程度の時間がかかる。それに飽きたやんちゃな兄弟は、ショップ内を駆けまわり始めた。母親は時折振り返って注意をするのだが、それでおとなしくなるものではない。果てに五、六歳の弟の方が追いかけてくる兄から逃げる恰好で走ってきて、由紀にぶつかった後、ディスプレイ用のタワーに激突して転んだ。その衝撃で、飾られていたケイタイが落ちた。由紀のバッグもだ。美久はもともと困った子供たちだと苦々しく思っていたので、ほら、やったという気持ちだったし、何より衝撃で落ちたケイタイの方に気がいった。壊れていなければいいのだけれど……思えば見本なのだから心配する必要もなかったが、美久は落ちたケイタイを拾っていた。

しかし、由紀は違った。自分のバッグも拾わずに、まずはしゃがんで男の子を抱き起こしていの一番に言った。「大丈夫？　怪我（けが）しなかった？」――。

一事が万事だ。やさしさや思いやり深さを装っている訳ではない。だから、不意の出来事に接しても、自分よりも相手を先に思う行動になる。美久は虚（むな）しくケイタイを手にしながら、敵わないと思ったのを覚えている。それと通じるようなことが、華子といる時にもあったのではないか。それで、由紀は天然、由紀には敵わないと言ったのだと思う。

「学生時代を加えたら、もう十年以上も七曜画廊さんに勤めてきた人だ。こちらとしても心強い」礼一は言った。「審美眼はたしかだし、何事に関しても実に行き届いているという高樹社長のお墨付きだ。ようやく七曜画廊さんから由紀さんをもらい受けることができそうで、うちとしては万々歳だ」

　由紀は幼い頃から美術や芸術に関心があって、一時は美大に進むことも考えたぐらいだった。だが、自分に世間にだせる作品を生み出すような才能はないからと、一般の四年制大学に進んだ。でも、美術への関心は失われることなく、大学では西洋美術史を学んだりしていたし、美術館めぐり、美術展めぐりもよくしていた。アルバイトもその関係がいいと七曜画廊を選んだ。就職は、やはり大手企業の方が安定しているということで悩んだ様子だが、高樹のたっての希望で、そのまま七曜画廊に就職することになった。「君や君の家族を路頭に迷わせるようなことは、間違ってもしないから。私が保証するし約束する」――その時、高樹は言ったらしい。七曜画廊に就職してからは、学芸員の資格も取った。

「娘を嫁にだすような気持ちというより、娘を盗(と)られるような気分だと高樹社長は言っていたよ」

　続けて礼一が言った。

　仲人(なこうど)はその高樹社長夫妻だ。それも両親のいない由紀に対する大友家の思いやりのような気がした。そうすれば高樹の顔も立つし、後々の良好な関係も保たれる。

「美久さんもお姉さんがお嫁にいってしまうと寂しいでしょうけど、寂しがる必要はないのよ」峰子が美久に言った。「遠くにいってしまう訳じゃない。いつだって好きな時に遊びにいったらいいんだもの。新居には、遠慮しないで押しかけていくことにしましょ。——ああ、うちにもぜひ遊びにいらしてね。美久さん、華子とは同い歳ですものね。華子とも、どうぞ仲よくしてやってくださいな」

「ご存じだったかしら。うち、犬がいるのよ」フォークを口に運びながら華子が言った。

「山田ペテロと鈴木ヤコブ」

自分で言いながら、華子はケラケラと笑った。

「おかしいでしょう、この人」ちょっときょとんとしている美久に向かって峰子が言った。

「犬に苗字(みょうじ)までつけてるの。しかも、大友でもなし、二匹べつべつの苗字。どうなっちゃってるんだか」

苦笑交じりだ。が、峰子も笑っていた。

「で、ご機嫌斜めの時は、『山田』とか『鈴木』とか苗字で呼び捨てにしたりして。まったくねえ」

その図を想像して、思わず美久も笑った。それから言った。

「ワンちゃんに苗字までつけているっていうのは面白いですね」

「ワンちゃんというほどのものでもない。犬よ、犬」

華子は言ったが、逆に二匹の愛犬を可愛がっているのが窺(うかが)われるような言い方だし、そういう目の色をしていた。

「まあ今は、芸能人でも犬に苗字をつけている人がいるみたいだけど」

「ああ、美久さん。よかったら私にもだけど、うちの山田ペテロと鈴木ヤコブにも会いにいらしてね」

華子が言った。

「ありがとうございます」

温かい人たちだ──美久は心で思っていた。それに、たいそうな金持ち一家だというのに気取りがない。由紀は悠介という素晴らしい未来の伴侶に恵まれたのみならず、いい家族にも恵まれた。そんな思いだった。

一方で、恵まれた……そうだろうかという思いも抱いていた。類は友を呼ぶではないが、恵まれているというよりも、由紀の持つ空気が、よい人たちを引き寄せているような気もしていた。悠介をはじめとする大友一家や高樹もだが、由紀は友人にもよい人たちが多い。由紀は生まれながらに、そういう人たちを呼ぶ磁力のようなものを持っているのかもしれなかった。よい人たちに囲まれているということは、しあわせとしあわせな未来を指し示しているると言っていいだろう。人は由紀のことを、運がいい、人に恵まれていると、羨むかもしれない。しかし、それは天然……いや、天性のものだからどうしようもない。妹だけに、美久はそれを羨むより誇りに思う。そして由紀を羨む人がいるなら、その人たちに対して、「その分お姉ちゃんは大変な思いと苦労をしてきたんだから」と、心のなかで言ってやりたい。二十歳で一度に両親を亡くしたのみならず、まだ十六歳、高校一年生の妹を抱えて、その妹を支えていかねばならなかったという苦労。

（ふう……）

美久はベッドから身を起こしながら、胸の内で小さく息をついた。咽喉が渇いた。思えば、帰ってきてから、うがいはしたものの、水さえ飲んでいなかった。

部屋を出てキッチンに立つ。すると、ボウルに放たれたベビーリーフ、湯掻かれてザルに上げられたスナップえんどう、それに茹で玉子が目にはいった。夕飯は手抜きのパスタと言いつつも、サラダぐらいは用意しようと思ったのだろう。俎と包丁もでていて、俎の上にはスナップえんどうがふたつかみっつ、半分に斜め切りにされていたが、そのまま放置されていた。作業の途中といった体。

妙に思ってリビングを覗く。と、由紀がソファの肘掛けに腕とからだを半分預けて座っていた。長い髪が肩と背中に少しこぼれている。

「お姉ちゃん、お茶でも飲む？」――言いかけた言葉を呑み込んで口にしなかったのは、由紀の後ろ姿が何とはなしに疲れたように見えたからだった。

「お姉ちゃん……」由紀に歩み寄りながら美久は言った。「どうかした？　私、何か飲もうかと思って」

「ああ」

振り返った由紀の表情は、ふだんと特段変わりがなかった。それから由紀は続けて言った。

「ごめん。台所、やりっ放しだったでしょ？　あとでやるから」

「それはいいけど、どうかした？」

「ううん。ちょっと立ちくらみがしたから投げ出しちゃっただけ。座っていたらもう治った」

由紀は軽い貧血持ちで、たまにだが立ちくらみを起こす。

「お茶、飲む？」

「ううん、私はいいわ。水にしておく」

言ってから、由紀は立ち上がろうとした。

「ああ、お水ぐらい持ってきてあげるわよ」美久がそれを制して座らせた。「サラダの続きも私がやっとくし」

「大丈夫よ」

由紀は笑った。

「久しぶりだね、貧血」

「貧血とまではいかなかったけど、ちょっと目が眩んだ感じがして」

「ひょっとして、お姉ちゃんも少しは気が張ってたんだったりして」

「かもね」

美久はキッチンに戻ってグラスにミネラルウォーターを注いで戻ってきた。自分もお茶やコーヒーではなく水にした。

「ありがとう」

そう言って頰笑んだ顔はいつも通りの由紀だった。顔色も悪くない。そして向かって右側の頰に浅く小さな笑くぼが覗く。笑くぼは留美譲りだ。留美は笑うと両側の頰の下に笑くぼができた。美久に笑くぼはない。留美からそれを譲り受けた由紀がほんの少しだけ羨ましいが、自分で自分の笑くぼを見ることはなかなかできない。そういうことからするなら、由紀の顔に留美の笑くぼを見ることのできる美久の方が恵まれているのかもしれなかった。

「あ、お水飲んだら落ち着いた」由紀が言った。「正式な顔合わせなんて言われたから、やっぱり少しは気が張ってたのかもしれない」

飄然として落ち着き払っていたようでいて、その実、少しは気が張っていた――そんな由紀が自分により近い存在に思えて、美久は何だか嬉しかった。

「だけど、あんな和やかな食事会だったっていうのに、気が張ってたとか疲れたとか言ったら罰が当たるわね」

「ほんと、みんないい人たちばっかり。今日またお目にかかってみて、改めて思った。しあわせになってね、お姉ちゃん」

美久は言った。

「ありがとう」

言いながら、由紀はまた頰笑んだ。再び笑くぼが覗く。その笑顔と笑くぼを目にしながら、美久は穏やかな幸福感を覚えていた。そして心のなかでもう一度囁いていた。しあわせになってね、お姉ちゃん——。

第二章

1

木々の緑がみずみずしい季節がやってきて、陽気も夏かと思うような暑さになった。が、お約束通りに梅雨がやってきて、夏のような陽気もそうは長く続かなかった。梅雨も必要とはいえ、やはり鬱陶しい季節には違いない。それでも今年の東京の梅雨は、曇りは多いが雨の日は少ないらしい。そして、その梅雨が明けると一気に夏がくる。肌を刺す強い陽射し、纏わりついてくるような湿気た熱気……寒かった冬の記憶が嘘のように掻き消されるぐらいに暑い夏。梅雨の背後には、そんな東京の夏が控えている。

「来週から、ちょっと旅行に行ってくる」——由紀が美久にそう言ったのは、梅雨の入口の頃だった。

「旅行？　どこに？」

「まだ決めてない」

「悠介さんと？」

「ううん。今回は一人で」

「旅行って、どのぐらい行ってくるの？」

「そうね。一週間か十日ぐらいかな」

「一週間か十日ぐらい……。国内？　海外？」

「国内」

…………

前触れなしの由紀の宣言みたいな言葉に、美久は内心些か驚きを覚えながら、あれこれ質問する一方だった。これまでの由紀は、旅行にでるにしても、ずいぶん前から、いつ、どこに、誰と、何日……と、美久に対して明確に告げていた。宿泊先もだ。そういう点では計画的と言おうか準備万端と言おうか、唐突にということは美久の記憶にない。由紀が急に言いだすのは、「今日は広尾に泊まることにしたから」と、せいぜい悠介のマンションに泊まることを告げる時ぐらいのものだ。それがいきなり——しかも旅行に行く先も国内とだけしか言わないし、日数も一週間か十日と曖昧だ。由紀としてはきわめて珍しいことだった。おまけに、悠介と一緒ではなく一人旅だという。それだけに、少々おかしな言い方になるが、美久は何だか虚を衝かれたような心地になった。

「会社は？　仕事はどうするの？」

胸に戸惑いに近いものを覚えながら、ちょっと矛先を変えようとするかのように美久は尋ねた。

「社長には許可をもらった。一週間か十日のことだもの、不在中のことは、もう石原さんに任せても大丈夫。逆に私がいないということは、彼女にとっても、この先のいいトレーニングになるし、自信につながると思うわ」

石原というのは、由紀が後を託すために指導中の後輩女性、石原多恵子のことだ。

「でも、珍しいわね。お姉ちゃんが行く先も決めずに旅行だなんて」

「そうね」

「どうして？　何で急に旅行を？　それも一人で」

ようやく本丸に至るが如く、多少恐る恐るといった感じで美久は訊いた。

「もうじき中田由紀から大友由紀になる。だからって、何の変わりもないんだけどね、結婚前、まだ自由に動けるうちに、自分を見つめ直すというか来し方を振り返って未来を考えるというか、ちょっとそんな時間がほしくなったの。言葉にすると、何だか大袈裟ね」

言ってから、自分でも本当に大袈裟だと思ったのか、由紀は苦笑を滲ませた。

たしかに、結婚は人生の一大転換点だ。ことに大友家のような家に嫁ぐとなれば、考えることも多いだろう。これから先、由紀は、悠介の妻としてだけでなく、大友家の一員として、銀画材や銀画廊の仕事にも携わっていくことになる。それに大友家の嫁という立場にもなる。ああいう気取りがなくて温かい人たちだし、当面は別居だから心配ないと思うが、婚約者という他人と嫁という身内では立場も変わる。向こうの家族にしても当然意識が変わるだろう。あり得ないと思っても、嫁姑問題だって起きないとは限らない。人間なんてそんなものだ。

「悠介さんには？　話したの？」

「ええ」

訊くまでもないことだった。由紀が悠介に黙って旅行にでることなどある訳がない。

「じゃあ、ここ二、三日で行く先や宿泊先を決めて出かける訳？」

「そうね……」

由紀は一応肯定はした。だが、言葉に明瞭さが欠けていたし、言いながら視線も少し下に落とした。それからややあって、視線を美久に戻すと、由紀は静かに美久を見つめた。真剣といえば言い過ぎになるが、深い眼差しをしていた。

「あのね、美久ちゃん」由紀が言った。「行く先や何かはある程度は決めて出かけるつもりだけど、今回はちょっと行き当たりばったりの旅行になるかもしれないし、決めたとしても、行く先や宿泊先は黙って出かけるから」

「え？」

今度こそ虚を衝かれて、美久はわずかに目を見開いた。

「美久ちゃんだけにじゃない。悠介さんにも同じ。今回に限っては、旅行中は、電話もメールもしないし。わかってもらえるかな。これまでの日常から一度完全に自分を切り離さなかったら、今度の旅行の意味がなくなっちゃうのよ。そのための旅行なんですもの」

わかる気はした。しかし、それでも美久は言わずにはいられなかった。

「わかるけど、そんなのやっぱりちょっと心配。せめて寝る前に一度とか連絡もらえない？『おやすみ』とかひと言、メールでいいから」

美久の言葉に、由紀はゆっくりと小さく首を横に振った。

「今回はなし。これは悠介さんにも納得してもらったことなの。だから美久ちゃん、今度だけは私のわがままを聞いてちょうだい」

「…………」

由紀は依然として深い眼差しをして美久を見つめている。由紀がこういう顔をしてものを言っている時は本気だし、その言葉を覆すこともできない。三鷹台の家を売って引っ越そうと言った時も、こんな顔をして美久の目を覗き込んでいた。

それでも美久は、すぐにはわかったと了承できなかった。三十一歳と二十七歳の姉妹だ。一週間や十日の音信不通は、あって当たり前のことだろう。とはいえ、過去のことがある。

「行ってきます」と出かけて帰ってこなかった両親。思いもかけなかった出先での鉄道事故。過去の痛すぎる思い出。だからこその「気をつけてね」――。

「大丈夫よ。心配しないで。ちゃんと無事に帰ってくるから」

美久の思いを察して由紀は言った。薄い笑顔になっていた。

「だからそういうことで了解して」

「わかった」

こうなれば、もはや美久もそう言って頷かざるを得なかった。

「それにしたって、せっかくの旅行……何も梅雨時じゃなくたっていいのに」

それでもなお、美久は未練がましくぐずぐず言った。

「梅雨時だからいいの。どこも結構空いていて、当日でも予約が取りやすいから」

かくして由紀は、どこへとも告げず、翌週本当に旅行に出かけてしまった。ショルダーバッグとキャスターつきの小さなスーツケースという荷物。気ままな一人旅にしては、スーツケースというのが些かたいそうな気がしたが、スーツケースはその場所場所で預ければいいと思っているのだろう。

「急に一人旅……それって、マリッジブルーとかじゃなくて？」

仕事の帰りに、会社の近くの店で真実に夕飯をつき合ってもらった時だ。真実は美久に言った。

「ううん、そんなんじゃない」

美久は言った。

賃貸でもいいと言っていたが、結局二人は恵比寿の分譲マンションが気に入って、購入を決めた。使い勝手と住み心地がいいようにと、今は内装工事の相談などしている最中だ。インテリア雑誌や設計図を眺める由紀の横顔は充実している。内装工事を終えて家具や家電を入れたら、最初悠介が移り住んで、その後由紀が引っ越す段取りになっている。式はその後になる。顔合わせの会の後、珍しくちょっぴり疲れた様子だったことが気になるが、あれ以来、そういうこともない。むろん悠介ともしょっちゅう会っている。二人は確実に未来に向かって進みつつある。そのことに間違いはない。

「まあ、美久のところは事情があるからしょうがないのかもしれないけど、兄弟姉妹なんて、それがふつうのことじゃないのかな」

真実は言った。過去の事情については、真実には話してある。

「私は一人っ子だから何とも言えないけど、修也(しゅうや)のところなんて、新潟にお嫁にいったお姉さんとは、何かあった時ぐらいしか連絡取らないって言ってるもの。訊いても、『元気にしてるんじゃない？』って感じでよく知らない。会うのだって、たぶんせいぜい一年に一度ぐらいなんじゃないかな。ふつうはそんなものよ。ことに独立してしまった兄弟姉妹なんて」

修也というのは真実の彼氏だ。苗字はたしか園部といったか。

真実と話していて、美久は由紀が石原多恵子について言っていたことを思い出した。

「逆に私がいないということは、彼女にとっても、この先のいいトレーニングになるし、自信につながると思うわ」——。

この先、由紀と美久はべつべつに暮らすことになる。由紀は美久の姉というより、悠介の妻になる。当然、どうしてもこれまで通りの関係という訳にはいかなくなる。由紀は美久にとってもそのトレーニングというつもりで、今回は連絡さえしないことにしたのだろうか。それが一人でやっていくことの自信にもつながるからと。

違うような気がした。

仕事のうえではどうかわからないが、由紀はそんなかたちで美久を試すような人間ではない。結婚してからも、美久がそんなに心配しなくて大丈夫、そんなに連絡してこなくて大丈夫と言っても、当面は毎日のようにメールか電話をしてくる——それが由紀だし、由紀と美久姉妹のありようだ。

「この際、美久も結婚したら?」真実が言った。「何ていったっけ? 大学時代からの彼。あの人と。姉妹総決算って感じで」

「姉妹総決算って、そんな無責任な」

脳裏には英則の顔が浮かんでいた。でも、やはり現実味がなかった。つき合いが長く、お互いのことをよく知り合っているだけに楽な関係だが、やはり結婚相手とは違う気がした。それは英則にしたところで同じだと思う。いつかもっと魅かれる相手との出逢いがあれば、関係はきっと終わるに違いない。

「真実こそ結婚しないの？」

反対に美久は真実に尋ねた。

「考えてはいるのよ。もう二十八だものね。だから、三十までには片づいていたいな、とかね。美久はまだ二十七だっけ？」

「うん。でも、来月もう八になる。姉もその翌月の八月には三十二歳」

そして十月がやってくると、紀明と留美の十三回忌だ。ひとつの大きな区切りがやってくる。

美久が当分未婚でいる以上、姉妹総決算とまではいかないが、十三回忌をいい機会に、これまでの姉妹関係を、決算すべきなのかもしれなかった。去っていく由紀が巣立つのではなく、残る美久が巣立つ時。過去の悲劇を言い訳にしたり引きずったりせず、きっと姉妹はふつうの姉妹に戻るべき時にきているのだろう。

「お姉さんの婚約者と三人で、しょっちゅう食事しているなんてついていけない」

英則に言われたことがある。しょっちゅうとまでは言わないが、美久は悠介と由紀と三人で、時々食事をすることがある。美久がいいと言っても、二人が積極的に誘ってくれるのだ。

「いいお店を見つけたから」「悠介さんが美久ちゃんにも食べさせたいと言っているから」

「その日は華子さんも来るから」……。

何かあった時のためにと、悠介からは自分のケイタイ番号とメールアドレスも教えてもらったし、美久も教えてある。

「そうよ、異常よね」

悠介と由紀の顔を思い浮かべながら、思わず美久はひとりごちていた。

「え？　何？」

美久の心的状況が呑み込めず、真実は顔を前に突き出して訊いた。

「ううん、何でもない」

美久は言ったが、心ではべつの言葉を呟いていた。姉妹関係決算の時——。この時を経て、姉妹は新しい関係と季節を迎えるのだろう。

それでいて、美久は自然と思っていた。由紀はどこに旅にでたのだろうか。どこを旅して歩いているのだろうか。今頃何を思っているのだろうか。

（悪い癖……）

そんな自分に気がついて、美久は一人苦笑していた。

2

一週間か十日ぐらいと言っていたが、由紀の旅行は十二日になった。十日を過ぎると、さすがに美久が心配すると思ったのだろう。実際、美久は、自分からメールをしてみようかと考えていたところだった。そんな折、ちょうど十日目だったが、美久のケイタイに由紀からラインのメッセージがはいった。

〈明後日に帰ります。〉

一行きりの短いメッセージだった。返事をすべきか否か迷ったが、黙っていることができずに、美久も由紀に短いメッセージを返した。

〈わかりました。気をつけて帰ってきてくださいね。〉

「気をつけてね」――毎日言い合う関係から脱却するのだと思いつつ、結局浮かんだ言葉はそれだったし、それしかなかった。無事でいてくれること、それよりほかに願うことなどあるものだろうか。

一行きりの素っ気ないメッセージではあったものの、十日目に由紀から連絡があったことで美久は少し安心した。予定が二日延びはしたが、由紀は間違いなく翌々日には帰ってくるし、帰ってくればどこへ行っていたかや何をしていたかの話は、きっと由紀の口から聞けるだろう。これまでにも悠介と旅行に出かけて家を空けたことはあったが、由紀は帰ってくると旅先での話をしてくれたし、あれやこれやお土産(みやげ)も買ってきてくれた。

「このガラス細工のペンダント、美久ちゃんに似合うと思って。ほら、きれいな水色でしょ？」

「ああ、この綿のストール、草木染めなのよ」

…………

自分の分はともかく、由紀は美久にといろいろ買ってきてくれた。もちろん、美久もお土産を期待している訳ではない。でも、お土産というのは、旅先でも自分を思っていてくれたことが窺われるところが嬉しいものだ。今回の旅はいつもの旅とはちょっと違う。それだけに、由紀がどんな話をしてくれるか、どんなお土産品をバッグから取り出してみせてくれるか、やはり美久は楽しみだった。

（お姉ちゃん、もう帰ってるかな）

そんな思いで会社から家に帰った。インターホンは鳴らさずに自分で鍵を開けてなかにはいったが、部屋には灯(あか)りが点(つ)いていた。由紀が帰ってきている——。

「ただいま。お姉ちゃん、お帰り——」

「お帰りなさい」と言いかけた言葉が、リビングのソファに腰かけている後ろ姿を目にして、尻すぼみになって消えていった。代わりに、違う言葉が口を衝いてでた。

「お姉ちゃん、どうしたの、その頭？」

「ただいま」

それには答えず由紀は言った。凪いだ表情をしていた。が、いつもの由紀ではない。髪形がまるで変わっていた。由紀といえば昔から長い髪だ。それがよく似合ってもいた。旅行にでる時も長くて艶(つや)やかな髪をそよがせて出かけていった。それが今は、短く刈られている。顔の輪郭がすっきりしているし顔だちも静かに整っているから、短い髪が似合わないとは言わない。とはいえ、前に比べてあまりに短すぎた。耳がでるほどの短い髪——子供の頃にさえ見覚えのない短さだった。四十センチぐらいは切ったのではないか。

「びっくり。髪の毛、切っちゃったんだ……」

なかば呆(あ)っ気(け)に取られて茫然となりながら美久は言った。

社長秘書はそのヘアスタイルでも痛痒(つうよう)ないかもしれない。パールのピアスでもつければ知的な印象だ。しかし、由紀は次の春には結婚式と披露宴を控えている。艶のある栗色がかった髪をお洒落に結い上げた由紀のウェディングドレス姿を、美久は当然のように頭に思い描いていた。が、この短さでは、来春までに結えるほど髪の伸びようはずもない。本来、由紀が無事帰ってきたことを喜ぶべきところが、美久は由紀の見た目の変わりようにすっかり驚いてしまっていた。

「何て顔してるの？　髪を切っただけのことよ」由紀は平然とし、こともなげに美久に言った。「べつに指を切ったという訳じゃなし」

「お姉ちゃん」言いながら、自然と顔がひしゃげていた。「だけどどうして？　お姉ちゃんは何ヵ月後かに赤ちゃんを産もうという訳じゃない。お嫁さんになろうという人じゃないの？　これからウェディングドレスを着ようという時に……。それとも、赤ちゃんが先にきたの？」

「まさか」由紀は笑った。「美久ちゃん、何度も言うけど、髪よ、髪。髪を切ってもウェディングドレスは着られるわ」

「それにしたって……」

由紀の言っていることは間違っていない。だが、やはり由紀には長い髪が似合ったし、向こうの家の人たちも、その髪での花嫁姿を思い描いていたに違いない。それがいきなり――。

「悠介さんには？　悠介さんには話したの？」

「話すって何を？」

「髪を短く切ることよ」

「どうして髪を切るのに、いちいち悠介さんに話したり、悠介さんの許可を得たりしなくちゃならないの？」

「じゃあ、話していないの？」

「ええ」

「悠介さんにはもう会った？」

「いいえ」

「いつ会うの？」

「明日の晩」

「悠介さん、きっとびっくりするわ」

悠介の驚きを想像して、言った顔が引きつっているのが自分でもわかった。

「美久ちゃん、そんな顔しないでよ。ことはたかだか髪の毛よ。私が自分で見慣れたみたいに、美久ちゃんだって悠介さんだって、すぐに見慣れるわ。それに時が過ぎれば髪は伸びる」

「でも、式までには間に合わない」

「どうしても長い髪がいいっていうなら、今はウィッグだってエクステだって何だってあるじゃないの」

「それはそうだけど……。もしかして旅先で何かあったの？　お姉ちゃん、それで髪を切ったの？」

「何もないわよ。前から切りたかったの。だから切った。それだけの話よ」

由紀は言ったが、由紀が髪を切りたいと思っていることなど、美久はちらりとさえも聞いた覚えがない。美容院には先月も行ったはずだが、そんな気配もまるでなかった。その証拠に、由紀は同じように長い髪をして帰ってきた。それがどうして？——

「美久ちゃん、この話はもうこれでお終い」

由紀は美久の目を見つめて言った。深い眼差しをしていたが、いつもはその奥底にある温(ぬく)みが、今日はどうしてだか見当たらなかった。

「何度も言っているでしょう、たかだか髪の毛だって。大騒ぎをするようなことじゃない」

「——」

「明日は仕事だし、二週間近くうろつきまわってくたびれたから、今夜は私、先に寝(やす)むことにする」

言葉を失っている美久に向かって、由紀は言った。美久の穿(うが)ち過ぎた思いだろうか、静かだが、どこか突き放すような冷たさを孕んだ言い方に思えた。

「え？　あ、ご飯は？　昨日ビーフシチューを作っておいたんだけど」

由紀が帰ってきた時にと思って、昨夜はビーフシチューとペンネサラダを作っておいた。それならすぐに食べられる。ご飯は炊いていないがバタールがある。

「ごめん。要らない。私、食べてきたから」

由紀はあっさりと言った。

「食べてきた……。でも、どう？　少しだけでも一緒に食べない？　話もしたいし」

「お腹いっぱいなのよ。悪いけど、美久ちゃん一人で食べてちょうだい。私は寝るわ」

そう言われれば、無理にとは言えない。そして由紀は本当に、さっさと自分の部屋にはいってしまった。

リビングに一人残されてまた茫然となる。言っていた通り、由紀は無事に帰ってきた。とはいえ、こんな展開になろうとは、美久は思ってもいなかった。

着替えを済ませ、ビーフシチューを温めながらも、美久は狐につままれたような心地でいた。いったい何が起こっているのだろう——少し大袈裟に言うなら、そんな気分だった。美久の勝手な予定と言ってしまえばそれまでだが、今夜は久しぶりにダイニングテーブルに差し向かいで腰を下ろし、旅行の話などしながら一緒に夕飯をとる予定だった。ひょっとするダだけにした。よもやそれを一人ぼっちで食べることになろうとは。肩透かしを食わされたというよりも、美久は正直落胆していた。

　テレビをつけ、ぽつりと椅子に腰を下ろして夕飯を食べ始めたが、一人の食事は味気なかった。由紀が家を空けていた何日かは、美久も家で一人で食事をとったりしていた。だが、その時よりもさらに孤独で味気ない。由紀がいなくて一人なのと、由紀がいるのに一人なのとでは、後者の方が空白がぐんと大きいことに、美久は改めて気づかされる思いだった。

（お土産話もなければお土産もなし）

　シチューをスプーンで口に運びながら美久は思った。まさに想定外の展開と状況と言っていい。今回は旅の目的が常とは違ったから、お土産話やお土産がないのはまあよしとしよう。由紀にも思うところがあるのかもしれない。美久もお土産が楽しみだった訳でもない。しかし、いつもの由紀ならば、仮に自分は食べなくても、ちょっとの間は椅子に腰を下ろして美久に問うはずだ。

「留守中、変わったことはなかった？」

「美久ちゃん、夕飯はうちで食べていたの？」

「瀬戸さんとは会った？」

…………

そんな調子で、少なくとも自分の不在中の美久のことは尋ねてくる。由紀というのはそういう人だ。自分のことより美久のこと。だが、今日はそれもなかった。そもそも、外で夕飯を済ませてくるなら、それぐらいはメールで報せてくれるのがふつうだ。だって、もう特別な旅行中ではない。由紀は家に帰ってきたのだから。

（変なの……。お姉ちゃん、いったいどこに旅行に行っていたんだろう。どこで何をしていたんだろう）

たかだか髪の毛と由紀は言ったし、たしかにそうかもしれない。とはいえあまりに極端過ぎる。古い考え方かもしれないが、女が長い髪をばさりと切る時には、やはり何かしらの理由のようなものがあって然るべき気がする。失恋というのが最もメジャーだろうが、由紀にそれはない。

（何もないって言ってたけど、やっぱり旅先で何かあったのかな……）

一番忌まわしい想像は、由紀がレイプなどの事件の被害に遭ったということだが、由紀は何かで傷ついたという顔はしていなかった。逆に冷ややかなぐらいに落ち着き払っていた。

（そうよ。あったとすれば前よ）

不意に何かに打たれたようになって、美久は心で言っていた。

悠介との結婚、大友家との姻戚関係という人生の大イベントを控えているとはいえ、急に旅行に出ると言いだしたこと自体がおかしい。あの時は、そういう心境になるものなのかもしれないと思って納得してしまったが、今にして思えば妙だった。

(自分探しの旅?……)

自分で思っておきながら、美久は首を横に振っていた。三十二歳を目前に自分探しもないし、由紀はそういうタイプの人間でもない。自らのことは日頃から常にきちんと把握している。誰よりもやさしいが、由紀はきわめて理性的な人間だ。

では、悠介との間に何かあったのか。

それも違う。悠介とは五年以上に及ぶつき合いで、互いのことはよく知り合っているから、いまさら深刻な諍(いさか)いをするようなことは考えにくい。それに真実にも言ったように、二人は恵比寿のマンションに新居も決めて、結婚に向かって着々と歩みを進めている。何の問題もない。

(じゃあ、何で?)

わからなかった。わからないだけに気持ちの落ち着きが悪かった。

由紀の顔を思い出す。髪を短く切った由紀の顔だ。言うまでもなくあれは由紀に間違いない。それでいて、何かがいつもとは違っていた。髪を切ったからだけではない。いつもは由紀にある何かがなかった。

（笑くぼ……）

今日は由紀の笑くぼを見ていないことに美久は気がついた。ということは、すなわち笑顔を見ていないということだ。十二日ぶりに顔を合わせたというのに、由紀は美久に頬笑みかけることもしなかった――。

（どうして？　いったいどうなっちゃってるの？）

のろのろと食事を進めながら思ったが、一方で、それも今日までのことと自分に言い聞かせているように思ってもいた。

明日は仕事だと言っていた。明日からは、由紀にも日常が戻る。それは由紀と美久の日常が戻るということでもあるはずだ。

帰ってきたばかりで疲れているから話してくれなかった。でも、すっかり日常に戻れば、ぽつりぽつりとでも旅の話もしてくれるに違いない。

「ご馳走さま」

言うべき相手は目の前にいない。けれども美久はいつものように言うと、いつも以上にていねいに手を合わせてから、食器をキッチンに運び始めた。

心配性は悪い癖。由紀も言っていた。二週間近くうろつきまわって今日は疲れている。それだけのこと。明日になればまたいつもの日常に戻っている。いつもの由紀に戻っている。

でも、髪の毛は戻らない——美久は心の端で思っていた。

3

案に反してと言うべきか、美久の希望的観測は外れ、翌日になっても翌々日になっても……美久が望んでいたような日常は戻ってこなかった。

「で、どこに行っていたの？」

美久も訊いた。しかし、由紀は、「それは訊かない約束だったでしょう」と、何も口を開こうとしない。依然として何のお土産話もなければお土産品もでてこない。

「悠介さん、驚いていたでしょう？」

そうも尋ねた。が、由紀の答えはたったのひと言だった。

「べつに」

そんな訳がない。美久ほど大騒ぎはしなかったにしても、悠介だって髪形があそこまで様変わりした由紀に会えば驚いたはずだし、当然何か言ったに決まっている。それが「べつに」のたったひと言——何だかとりつく島がなかった。

それだけではない。夜中にがさごそ何やら始めたと思ったら、翌朝にはたくさんの衣類がナイロンの紐で縛られて部屋の外に出されていた。古い衣類の処分ではない。これまで気に入って着ていた服もずいぶん交じっている。由紀はシスカという国内ブランドの服が好きで、それで統一していたところがある。淡い色調と女らしいがすっきりとしたデザインのシスカの服は、由紀にとてもよく似合ってもいた。そのシスカのスーツやワンピース、チュニックなどが紐で括られている。バッグも二、三でていた。

「お姉ちゃん、どうしたの？」驚いて美久は言った。「もしかして、これ、みんな捨てるつもり？　シスカの服もたくさん」

「もう飽きたから捨てるの。今のヘアスタイルには似合わないものもでてきたし」

「飽きたって、ついこの間まで着ていた服も交じってる。これ、本当にみんな捨てちゃうの？」

「そうよ」

「このバッグや何かも？」

「ええ」

「新しいのもいくつかあるし、捨てるぐらいならバッグも一緒に、リサイクルショップにでも持っていけばいいのに」

「いやなのよ、私」由紀は言った。「自分が着ていたものを誰かが着ているなんて」

　この先転居を控えているから、衣類を減らしたというのであれば、少しは納得がいく。けれども、その衣類が資源ゴミとして出されるか出されないかのうちに、大きな段ボール箱ふたつ分の荷物が届いた。中身は由紀の新しい衣類だった。ダコタ・ラ・ベールという新興のブランドが気に入ったとかで大人買いしたのだという。

　段ボール箱から次々と出される衣類を目にして美久は驚いた。大胆な色使いと斬新なデザイン――原色系の派手で人目を惹く服ばかりだった。たしかに、ショートカットにした由紀がメイクをして着れば似合わない服ではない。とはいえ、これまでとは傾向が違い過ぎる。

「イメージチェンジにしても極端……。どういう心境の変化なの？」

「べつに。今、気に入っているものを着たいと思った。それだけよ」

　そして由紀は堂々とダコタ・ラ・ベールの服を着て出かけていく。画廊に着けば、制服という訳ではないが、白いブラウスに黒や紺といったダーク色のスカートという出で立ちになるから問題はないかもしれない。でも、悠介はどんな顔をしてイメージチェンジした由紀を見たことか。髪を短くしてダコタ・ラ・ベールを着た由紀と歩いていたら、べつの女性を連れていると思う人がいたとしても不思議ではない。それぐらいの変わりようだった。まるで別人。

腕時計も、フランク・ミュラーになっていたので驚いた。美久はブランドに疎いのではっきりとはわからないが、フランク・ミュラーの時計といったら、安い物でも百万近くはするのではないか。

「いいのがひとつほしかったのよ」

由紀は言ったが、時計ならば悠介とお揃いのカルティエのパンテールを持っている。婚約指輪のお返しにカルティエのパンテールを悠介に贈ったのだが、悠介がどうせならばペアでと、由紀にもパンテールを贈ってくれたのだ。由紀はふだんは国内メーカーの時計をし、特別な日にそのパンテールをして出かけていた。

贅沢はしない由紀がブランドの衣類を大人買いしたというのもフランク・ミュラーを買ったというのも、どちらも美久にしてみれば驚きだった。

それだけではない。旅行から帰ってきて以来、由紀は家で夕食をとることがめっきり減った。誰かとどこかで食事をし、酒を飲んで遅くに帰ってくるのだ。以前だったら誰とどこで会うとかだいたいの帰りの時刻だとかは事前に美久に告げていたし、急な場合はメールを寄越した。それがない。一度などはしたたか酔っ払って深夜に帰ってきて、ふらつく足でリビングにはいってきたかと思うと、服も着替えずメイクも落とさず、そのままの恰好でソファで寝入ってしまった。

「お姉ちゃん。お姉ちゃんったら。そんなところで寝たって休まらないわよ。ねえ、お姉ちゃん、起きてってば。着替えて自分のベッドで寝なさいって」

美久は由紀のからだを揺さぶって言ったが、由紀は虚ろな意識で「うるさいわね」と呟いただけで、からだを起こすことはなかった。翌日会社が休みだとはいえ、由紀が正体を失うほど酒に酔い、こんなふうに寝入ってしまうのを見たのは美久も初めてだった。

ダコタの派手なワンピースを着て、以前より濃いめのメイクをした由紀が正体なくソファで寝入っているのを見ていた時は、由紀にはやはり何かあって自棄になっているのではないかと思ったりしたが、どうやらそうではないらしい。翌日本人はいたって清々としていて「ああ、よく飲んだ」と楽しげだ。飲み過ぎた後悔のようなものはその顔からは少しも窺われなかった。

「いったい誰とあんなに飲んだの?」

美久は訊いた。

「最近知り合った友だちよ」

それが由紀の答えだった。それ以上は説明しようとしない。果てに由紀は美久に言った。

「あのワンピース、クリーニングにだしといてよ」

それも美久にとっては意外な言葉だった。自分のことは自分でやる。それが二人のルールだ。もちろん、クリーニング店に出かけようとしている時、「何かだすものある？」とついでに尋ねることはあるが、あくまでもついでだ。そうではないのにクリーニングにだしておけと、これまで由紀から命令されたことはない。しかし、由紀は当たり前のような顔をして美久に言った。

「やっぱりお姉ちゃん変わった。何かあったの？」

思わず美久は言っていた。

「何？　あなたにクリーニングを頼んじゃいけないの？」

「そんなことはないけど」

「そんなことより、美久ちゃん、この先あなたどうするつもり？」

「え？」

唐突な由紀の問いかけに、何のことやら意味がわからず美久はきょとんとなった。

「私が出ていった後よ。美久ちゃん、どこに住むつもり？」

「どこって」

「ここは家賃が十七万五千円。美久ちゃんのお給料ではちょっと厳しい額よね。でしょ？　どこか探さないとね」

「――――」

由紀の言葉に美久は絶句せざるを得なかった。甘いと言われればそれまでかもしれないが、ここは父と母はいないが由紀の実家のようなもの、由紀が帰ってくることもあるだろうし、美久は少なくとも自分が結婚するまではと、現時点での転居はまったく考えていなかった。

甘さの原因のひとつには、二人が〝基金〟と呼んできた預金の存在がある。まだ歳若かった姉妹がこのマンションに引っ越し、暮らしてこられたのにも〝基金〟が大いに影響していた。

事故を起こした東南鉄道からは賠償金がでた。また、紀明と留美の親しい人物に保険会社の人間がいたこともあって、二人は比較的高額の生命保険に加入していた。三鷹台の家のローンもあまり残っていなかったことから、不幸中の幸いというべきか、まだ経済力のない学生だった由紀と美久は生活するのに困らずに済んだ。当初、家賃は〝基金〟からだして生活費だけをアルバイトで賄っていたし、ともに社会人となってからは月に十万は〝基金〟からだして、それ以外の生活費はざっくり折半という恰好でやってきた。美久はこの先も西荻窪のマンションに住み続けるつもりでいたし、これまで通り、月に十万は〝基金〟を当てにしていた。

「私は今年三十二。美久ちゃんは二十八。二人ともいい大人だわ。この先私も結婚して、月々いくらという決まったお金のなかで生活していく。美久ちゃんは美久ちゃんで、自分の収入に見合った生活を自分自身で切り盛りしていかなくちゃ。そうするのが遅すぎたぐらいだと思う。そうじゃないと、本当に自立しているとは言えないじゃない」

「…………」

由紀の言っていることはわかる。たしかにこれまで〝基金〟に頼って楽をしてきたと思う。とはいえ、あまりに突然の宣告に等しい由紀の言葉に、頭のなかが真っ白になっていた。

「部屋の契約の更新は来年だから、急がなくていい。それまでに決めれば。でも、近い将来、自分がどういうところでどういう生活をするか、今から考えておくことね。結婚するというなら、もちろんそれでもいいのよ。〝基金〟はまだ残ってる。それは、残したまんまにしておいて、何かの時に使うことにした方がいい。この先、まとまったお金が必要になることだってでてくるかもしれないから。今、美久ちゃんはお勤めしてちゃんとお給料をもらってる。自分の身の丈に合った生活さえしたら、充分暮らしていけるんだから」

「だけど、お姉ちゃんは？」

「え？　私？　私が何？」

「私がここをでてどこかのコーポか何かに移ったら、どこに帰ってくるの？　帰る家がないじゃないの」

「美久ちゃん」由紀は真顔で美久をじっと見つめた。「私は悠介さんと結婚するのよ。大友家の人間になるの。お父さんとお母さんがこの世にいない以上、帰る実家はないと思ってる。だから、ここを出たらここに帰ってくることもないの」

切り捨てられた——そんなことなどあろうはずもないのに、美久はそう思った。これまでぼつぼつそんな話がでていたというのなら、まだ納得がいく。しかし、そんな話はでていなかった。切り捨てられた、それも唐突にだ。

由紀なら当然、こう言うと思っていた。

「美久ちゃんはこれまで通りのスタイルでここで暮らしてたらいい。私も時々帰ってくるから」

それがいきなり見事に裏切られた。

(どうして？　何でお姉ちゃん変わっちゃったの？)

そんな思いが心をよぎる。

「泣きそうな顔してる」

由紀が言った。無表情に近い冷ややかな顔つきをしていた。

「泣いてどうなる歳じゃなし」

変わった、やっぱり変わった——冷めた目をした由紀を見ながら、美久は心で叫ぶように思っていた。

4

梅雨が明けた。かっと激しく照りつける、梅雨明け直後独特の焼けるような陽射しとその熱さを肌に感じると、ああ、もうすぐ誕生日だ、私はまたひとつ歳をとると、毎年美久は思う。

梅雨が明けても、由紀は変わらなかった。いや、変わったままだと言うべきかもしれない。しかも、依然由紀は美久が望む方向とは逆の方に日毎変わり続けているような状況だ。由紀の変化は止まらない。

美久が七月二十八日の生まれ、由紀が八月九日の生まれということで、昔から二人は日にちを合わせてささやかな祝いの会を持ってきた。合同誕生会と言ったらいいだろうか。それに数年前から悠介が加わって、ゴージャスではないが、小洒落た雰囲気のいい気の利いた店で、三人で食事をして祝うようになった。ワインと食事は悠介から二人へのプレゼント。その食事会も今年はやらないからと、由紀は美久に告げた。

「もう合同誕生会という歳でも場合でもない。そんなままごとみたいなことはやってられないわ」

そう言われてしまえばその通りだから、美久も従わない訳にはいかない。もともと由紀の誕生日は、美久抜きで、悠介と二人で祝うべきものだ。後から加わってきたのは悠介だが、二人は婚約者同士、そこに美久が加わっていたのがやはりおかしい。恐らく美久の甘えだ。二十八歳にもなるのだから、自分の身の丈に合った生活を自分自身の力で送れというのも、二十八歳と三十二歳の大人が婚約者を交えてもはや合同誕生会でもないというのも、正論と言えば正論なのだ。だから、美久は文句のつけようがなく、わかったと頷き、口を噤(つぐ)まざるを得ない。

しかし、あれもこれもいきなりなのだ。これまで当たり前だったことを、由紀は次々否定してくる。だから美久も、正論とは思いつつも、戸惑わずにはいられなかった。これまでがふつうじゃなかったのよ——ほかに納得のしようもなく、時に自分に言い聞かせるように思ってみるのだが、自然と首は傾(かし)いでしまうし、顔の曇りも心の曇りも隠しようがなかった。そして由紀はと言えば、派手な恰好をして盛んに遊び歩いている、飲み歩いている。挙式、それも大友家の長男である悠介との婚姻が、来春の四月二十九日と正式に決まった人間のする振る舞いとは、美久にはどうにも思えなかった。

仕事の後、友人との食事を終えて家に戻ってみると、見知らぬ男女四人と由紀の五人が部屋で乱痴気騒ぎをしていたこともある。ナッカ、ダイゴ、エル、サワ——旧知の仲のように呼び合いわいわい騒いで飲んでいるが、少なくともこれまで美久が紹介されたことのある人間たちではなかったし、由紀の本来の友人とは種類も違った。みんなそれぞれに個性的というか、弾（はじ）けた感じのヘアスタイルやファッションをしていて、やたらとテンションが高い。酒もずいぶんはいっていたのだとは思うが。みんな三十歳前後、由紀や美久と同年代の人間たちだ。テーブルの上は缶ビールの空き缶、ワインのボトル、食べかけのデリバリーのピッツァに鶏（とり）の唐揚げ……そんなもので溢（あふ）れている。よく見知った自分のうちだというのに、少々大袈裟に言うならば、違う世界に紛れ込んだような気分だった。いや、よく知った日常の場所だけに、異様な感じがしたのかもしれない。

美久がなかば茫然として立ち尽くしていると、当然のように彼らは美久に言った。

「妹ちゃん、妹ちゃんも一緒に飲もうよー」

「そうよ。そんな鳩（はと）が豆鉄砲食らったような顔していないで」

「乾杯、乾杯」

…………

すると由紀が言った。

「駄目よ、この娘（こ）は捌（さば）けてないから」

美久もこんな飲み会に加わりたくはない。でも、由紀の言いようは、切り捨てるような冷たい言い方だった。

「捌けてない？　マリーの妹ちゃんなのに？　マリーは御曹司と結婚秒読みでもこんなに弾けてるのに」

マリー――どうしてマリーなのかわからない。けれども、どうやらそれが彼らのなかでの由紀の呼び名らしかった。

美久は中途半端な挨拶だけすると、早々に自分の部屋にはいってしまった。狭い家だ。自分の部屋にはいっても、リビングでの空騒ぎは聞こえてくる。ケラケラという由紀の笑い声もだ。由紀があんな甲高い声で笑うのを、美久は久しぶりに聞いた気がした。

リビングを窺うように気にしながら部屋で身を潜める。こういう時間は長い。美久は時々時計を眺めながら、この宴会が早く終わってくれないものか、素性の知れない連中が早く引き上げてくれないか……そればかりを考えていた。私、いつお風呂にはいれるんだろう――。

しかし、いっこうに宴の終わる気配がしない。時はどんどん深夜へと移行しつつある。美久はついに痺れを切らして自室から出て、由紀の腕を引っ張って低声で言った。

「お姉ちゃん、もういい時刻よ。遅くに騒いでいたらご近所にも迷惑だし、そろそろお開きにしたら？　私もお風呂にはいりたいし」

「みんなに帰ってもらえっていうの？　べつに近所に響きわたるような騒ぎはしていない

わ」

「でも……終電の時間だってあるし。終電を逃したらどうするの？　まさか学生みたいに雑魚寝という訳にもいかないじゃない」

「うるさいな」由紀は美久の手を振り切って言った。「ひとが楽しくやっているっていうのに。美久ちゃん、あなた、私に指図するつもり？」

「べつに指図なんかしていないけど」

「ああ、つまんない、つまんない」

言いながら、由紀は美久に背を向け、彼らの方に歩み寄っていった。

「しらけた、しらけた。もうお開き。うちの妹君がもう帰ってもらえって」

「え、お開き？　せっかく西荻まできたし、面白くなってきたところなのに」

「あの娘がそう言うんだから仕方ない。みんな今夜はもう帰って」

美久は突然悪者にされたような恰好になり、どういう顔をしていいかわからぬまま、突っ立っているしかなかった。

「しょうがない。じゃあ、今夜はお開きとしますか」

「今ならタクシー使わなくても、全員何とか終電で家まで帰れるしね」

ようやくとそんな流れになって、彼らは飲み食いして散らかしたまま、四人揃ってわいわいと引き上げていった。

ああ、やれやれ……そんな思いで息をつきかけた時、先に由紀が言った。

「ああ、面白かった。でも、くたびれた。美久ちゃん、そこ、片づけておいて」

「え、私が?」

とり散らかったリビングとテーブルを眺めながら、思わず美久は言っていた。

「そうよ。あなたが彼らのお尻に火をつけて追い立てを食わせたから、みんな片づけもせずに帰っちゃったんじゃない。だからあなたが片づけて」

「いいけど……」

仕方なしに美久は言った。ひとりでに、たぶんやや曇った不満げな声になっていたと思う。

「私、お風呂にはいって髪洗ってくる」

続けて由紀が言った。

「そんなに飲んでお風呂にはいって大丈夫なの?」

「大丈夫よ」

かくして由紀は片づけ一切を美久に押しつけ、自分はさっさと浴室へと行ってしまった。

ワインのボトルやビールの空き缶を片づけ、ゴミを分別してまとめて捨ててからグラスや皿を洗い始める。キッチンに立って食器を洗いながら、何で自分がこんなことをしているのだろうと思う。美久も明日は仕事だ。彼らが来ていたからまだ入浴できずにいる。なのに、由紀は後始末を美久に押しつけて、自分は風呂にはいっている。髪を洗っている。何かおかしくないか。

洗い物も済んで片づけがすっかり終わった頃、風呂から上がり、髪もドライヤーで乾かした由紀がパジャマ姿でリビングに現れた。

「髪が短いと洗うのも乾かすのも楽でいいわ。じゃあ、美久ちゃん、私、寝るから。おやすみ」

お先に、もありがとう、もごめんね、もない。「私、寝るから。おやすみ」――。実際、由紀はそのまま自分の部屋にはいろうとしている。その後ろ髪に縋(すが)ろうとするように美久は言った。

「お姉ちゃん、あの人たちどこの誰なの？　クラブで知り合った人たち？　そんなよく素性がわからない人たちを家に連れてくるなんて、ちょっと無謀じゃない？」

「ああ見えて、みんな悪い人間たちじゃないわよ。たまには宅飲みしようって話になったのよ。べつにいいじゃないの」

「でも、いきなりはやめて。私も仕事があるんだし」

「ああ、はい、はい。わかりました」

半分放り投げるように由紀は言った。顔は美久を見ていなかった。

「お姉ちゃん、悠介さんとは会っているの？　今はあの人たちと遊び歩いている時じゃないと思うけど」

「うるさいんだよ」

チッと舌打ちをしてから、由紀は化粧をきれいさっぱり落とした素顔で言った。その素顔が由紀とは思えないほどに尖っていた。

「ぐじぐじぐじぐじ。ウザいんだよ、お前は」

そう言い放つと、由紀は自分の部屋にはいってしまった。

(え？　ウザい？　お前？)

鋭く冷たい顔つきだった。由紀のものとは思えない言葉が自分に向かって放たれた。そのことに美久は少しの間ぼうっとしていた。耳を疑うとはこのことだと思った。その後、自分でも子供じみていると思ったが、少しだけ瞳にひとりでに涙が滲んだ。

これまでの十二年間が嘘のようだ。由紀がどうして急にこんなに変わってしまったのか、それがわからなかったし悲しくもあった。

(何で？　いったいどうして？)

のろのろ風呂にはいりながら、美久は思う。近頃の由紀は、見た目もやっていることも、少し前とは別人だ。おまけに「うるさいんだよ」「ぐじぐじぐじぐじ。ウザいんだよ、お前は」——。

こんなことで七曜画廊での仕事はどうなっているのだろう。悠介との間はどうなっているのだろう。風呂から上がってから、ケイタイを手に、そこに登録されている悠介の名前を見た。悠介に訊いてみたいところだったが、むろん今夜はもう遅いからメールや電話をする訳にはいかない。そして美久はわかっていた。翌日になっても、自分は悠介にメールも電話もできないだろう。メールや電話で悠介に何を訊くのだ。「最近、姉はどんな様子ですか」「前とは違っていませんか」……それこそ恋人同士、婚約者同士の間に嘴(くちばし)を差し挟む行為でしかない。

（お姉ちゃん、何で？）

わからないままに、憂鬱の波にひたひたと浸されながら、美久はベッドのなかで、しばらく考え続けていた。

第三章

1

梅雨明け直後のぎらつく太陽はやや落ち着きを見せている。とはいえ、今年もやはり暑い夏になった。連日天気予報では、猛暑という言葉が使われている。

その夏空の下、美久は二十八歳になり、由紀は三十二歳になった。

本当に、合同誕生会はやらなかった。美久は由紀の誕生日に「お誕生日おめでとう」と言ったが、由紀の口からは、その種の言葉さえ聞かれなかった。美久は由紀に何かささやかながらプレゼントをと考えなくもなかったが、またもやままごとと言われそうな気がして「おめでとう」の言葉だけにした。

誕生日当日、由紀は帰りが遅かったから、きっと悠介に誕生日を祝ってもらったのだろう
――美久はそう思っていた。一抹の寂しさはあったものの、それが本来のありようだから、美久が四の五の言えた義理ではない。

悠介との間はうまくいっているということだ。その一方で、由紀は相変わらず遊び歩いて

いるが。素性のよくわからない人間を家に連れてこないでくれと頼んだのに、それも由紀は守ってくれない。家に帰ってみると、キッチンにナッカが立って料理を作っていたことがあった。それには美久もびっくりした。しかも、肝心の由紀の姿がない。

「ナッカさん――」

驚いて目を見開いて言うと、ナッカが笑った。

「お帰り、妹ちゃん。ナッカさんと言われると、何か調子狂うな。ナッカさんじゃなくてナッカでいいよ」

「あの、姉は？」

「ああ、今日は料理を作っておうちご飯にしようって、二人で買い物して帰ってきたんだけど、マリーは急用を思い出したとかで出かけちゃった。でも、あと一時間ぐらいで帰ってくるよ。さっきケイタイに電話があったから」

「それでナッカさんが料理を」

「またナッカさんか」ナッカは苦笑した。「さんをつけるなら、中村(なかむら)さんにしてよ。僕、中村っていうの。中村誠(まこと)。中村で、ナッカ。よくある苗字だからちょっと縮めた。ま、単純なニックネームだね」

話してみて、たしかに悪い人間ではないような感じがした。とはいえ、よく知りもしない人間を一人家に残して出かけるとはどういうことか。どう考えても常識的ではない。しかも、相手は男性だ。

「僕、阿佐ヶ谷に住んでいてね、家が近いんだ。今はフリーランスのプログラマーをしているけど、昔レストランでバイトをしていたから、料理もできる。だから心配しないで。そこそこ美味(おい)しいものを作るからさ。待っててよ」

問題は料理ではない。が、ナッカと話すことで、彼らと由紀がどういう知り合いかということなどが、だんだん美久にもわかってきた。

由紀とは、やはりクラブで知り合ったという。店はどうやら六本木らしい。一人で現れた由紀は最初からノリノリで、すぐに彼らと打ち解けた。全部で七、八人のグループのようだ。ラインでやりとりするようになり、クラブで会ったり食事をしたりバーに行ったり……その時々面子(メンツ)を適当に替えて、みんなで飲み食いして遊んでいるという。

「でも、何でマリー？」

美久は尋ねた。

「ブラッディ・マリーのマリー」

ナッカは答えた。

ブラッディ・マリーは、ウォッカをトマトジュースで割ったロングカクテルだ。そうそう何杯も飲めるものではない。そのブラッディ・マリーを、由紀は立て続けに飲むという。それから酒をテキーラへと切り換える。ブラッディ・マリーもだが、言うまでもなくテキーラは強い酒だ。それを由紀は顔色ひとつ変えずに何杯か飲むらしい。

由紀がいける口だというのは、もちろん美久も知っている。しかし、これまでの由紀は、嗜（たしな）むという言葉が似つかわしい飲み方をしていた。ナッカの話のような飲み方ではない。

「ついこの間、マリーの誕生日だったでしょ？　あの晩もみんなでパーティーやったんだよ」

「えっ？」

「妹ちゃんも呼んだらって、僕は言ったんだけどね」

ナッカの話で、誕生日の晩、由紀が悠介と一緒でなかったこともわかった。

「フィアンセは放っといていいのかって訊いたら、マリーは『いいの、いいの』って。自分は玉の輿（こし）で来年の春には華燭（かしょく）の典。そうしたら、生活は豊かになっても、そうそう遊び歩く訳にはいかなくなるから、今のうちに遊んでおくんだって。相手は銀座の銀画材の御曹司だって？　凄いよな。さすがマリー」

銀画材の御曹司——そんなことまで話しているのかと、正直美久は呆れる思いだった。銀画材の名前をだすなど、軽はずみとしか言いようがないと思った。

ナッカが言った通り、由紀は小一時間ほどで帰ってきた。ナッカは、美久にも一緒にご飯を食べようと誘ったが、美久はいったいどんな顔をしてテーブルに着き、何の話をしていいやらわからなかった。

「ほら、鱸（すずき）のカルパッチョとアンチョビーのパスタ、美味しそうでしょ？　トマトとベビーリーフのサラダも作ったよ。帰りに買ってきたワインもあるしさ」

「でも……」

美久がぐずぐずしていると、焦（じ）れたように由紀が言った。

「放っておきましょう。言ったでしょ、この娘は捌けてないから駄目だって。陰気な顔してそばにいられても鬱陶しいだけよ。――美久ちゃん、あなたは外でご飯食べていらっしゃい」

そんな具合で、美久は家から追い出されてしまった。

由紀と何度か行ったことのある西荻窪の洋食店で一人夕飯を食べながらも、美久は考えていた。由紀は誕生日も悠介とは過ごさず、ナッカたちクラブ仲間と過ごしていた。自分は玉の輿だし来年の春には結婚すると言っているらしいから、やはり悠介とはうまくいっているのだろう。しかし、悠介より他人と言っていい連中の方を優先しているというのはどういうことか。悠介との間は、本当に変わりなくうまくいっているのか。

が、考えるべきは、悠介・由紀、二人のことではなく、自分のことだったようだ。美久は瀬戸英則から急に呼び出された。「早いうちに話しておいた方がいいと思うことがあるから」——。

英則とは、前回会ってからそう間は空いていなかった。

「へえ、今年、定例の会はやらないの？　それじゃジャスト誕生日の晩に、二人でディナーと洒落込みますか」

そんなふうに言って、英則は美久の誕生日の晩、スペイン料理の店でご馳走してくれたのだ。美久でさえ、誕生日には〝彼氏〟と言うべき相手と、そんな時間を持っていた。指定された、二人の間では定番と言っていいトラットリアに行くと、英則が色の感じられない顔をして、美久を待ち受けていた。

「飯を食いながら話すようなことじゃないけど、美久とは長いし、ホテルのラウンジでというのも何だから」

依然、色のない顔をして英則は言った。

「何？　いったい何なの？　どうかしたの？」

美久は言った。すると、英則は宣告するような低く静かな声音で美久に言った。

「お姉さんと会った」

「え」

「お姉さんに呼び出されて、お姉さんと会った」

「お姉ちゃんと――」

英則の言葉を繰り返すように美久は言った。その時点では、何があったのか、英則が何を言わんとしているのか、むろんさっぱりわからずにいた。

「これまでにお姉さんと会ったのは二度ぐらいだけど、お姉さん、ずいぶん変わったな。最初は誰だかわからなかったよ」

由紀は、会うなり英則に、「美久と結婚する気があってつき合っているのか」と、彼にいきなり詰め寄ったらしい。

「瀬戸さんは、うちの美久と結婚するおつもりがあっておつき合いなさっているんですか。そうであるなら、このまま交際を続けていただいて結構です。でも、そのおつもり、ご決心がないのなら、このまま交際を続けていくことを、私は認める訳にはいきません。美久とは別れていただきます。瀬戸さんは男性だからいいでしょう。でも、美久は、結婚というゴールもなしにだらだらと交際を続けていったら、女性として一番いい時期を台無しにしてしまいます。お聞き及びかと思いますが、私は来春結婚して、銀座の銀画材、大友家の一員となります。大友家の人間ともなれば、美久に将来何の心配もないお相手を見つけてあげることも可能です。だからこそ、今、瀬戸さんにご決心のほどをお伺いしたいんです」

「お姉ちゃんがそんなことを――」

英則から話を聞いて、美久はいっぺんに動転して、顔から血の気が退くような、逆に赤面するような、おかしな心地に陥らざるを得なかった。

「申し訳ありませんが、返答を先延ばしにすることはできません。二者択一です」由紀は英則に迫ったという。「美久と結婚する気があるなら交際を続けてください。今、瀬戸さんにそのご決心がないのなら、美久との交際をやめてください。考えさせてくれという選択肢はありません。今、姉であり、あの娘の唯一の肉親である私に、この場でお返事ください」

そう言った由紀は、厳しいというよりも険しい面持ちをして、英則を睨みつけていたらしい。

「美久、ごめん」英則はちょっと頭を下げるようにして美久に言った。「俺はお姉さんに、美久と必ず結婚します、とは言えなかった。正直、まだわからないんだよ。俺自身が、この先、今の会社に勤め続けるか、家業である床屋を継ぐか、自分の将来を決めかねている。そんなありさまだっていうのに、即座に結婚という選択をする訳にはいかなかったんだ。だから、お姉さんにも、正直にわかりませんと答えたよ。そうしたらお姉さんに重ねて言われた。二者択一だって。つまり、わからないという答えはなし。――だから、俺はもう美久とはつき合えない。つき合う資格がない。そういうことなんだ」

「ごめん、ヒデ。そんなの、お姉ちゃんが勝手に言ったことよ。私は何も知らなかった」

美久はそう言ったし、英則に詫びた。自然と縋るような口調になっていたかもしれない。

「だから、あなたは気にすることないわ。ヒデと私の問題だもの。お姉ちゃんが嘴を差し挟むことじゃない」

「でも、お姉さんの言うことも一理あるというか、尤もだなとも思って」

「――――」

「だらだらつき合い続けていたら、やっぱり損をするのは女性の方、美久だ。そこに大友家を持ち出されてしまったら、俺は何も言えないよ」

「ヒデ」

「ごめんな、美久。俺がはっきり将来美久と結婚しますと言えない駄目男なばっかりにさ。これまでありがとうな。これからも友だちとしてでもつき合っていきたいけど、ああ釘を刺されたら、そういう訳にはいかないし」

「つまりは別れるということ？」

「二者択一なんだもの、それしかないだろ」

「それが今のお姉ちゃんなのよ。ちょっと聞いた分には正論らしきことを頭ごなしに上から強硬に言う。前とは変わっちゃったのよ。だけど、それはどこか歪んでいて、屁理屈みたいな正論で——」

「でも、あのお姉さんの顔を思い出すと、このまま美久とつき合い続ける訳にはいかないよ」

美久のとりなしを撥ねつけるように英則は言った。

「だけど、こんな終わり方って……」

「ごめん。俺が悪い。本当にごめんな、美久」

…………

そんなやりとりが交わされて、結局英則と美久は交際をやめる、別れるということになってしまった。

英則の気持ちもわかる。英則も男だ。銀画材だ、大友家だと持ち出されて、少なからず面白くはなかったろうし、男としてのプライドを傷つけられた面もきっとあったに違いない。

結婚を決意できずにつき合っている——それは美久の側も同じだった。このままつき合い続けていても、恐らく結婚ということにはならなかったと美久も思う。とはいえ、こんなかたちで終焉を迎えようとは、むろん想像だにしていなかった。

思いがけないことになった帰り道、美久が心に抱いていたのは憤りだった。ほかの誰に対してでもない。由紀に対する憤り。

（お姉ちゃん、何だってそんな真似を？）

英則のことは紹介してあったが、悠介の場合とは違って、彼の連絡先までは由紀に教えていない。それを調べて美久に黙って連絡したというのも腹立たしかった。

（どうなっちゃっているの？　いったい何を考えているの？）

理不尽——美久の憤りをひと言で言ってしまえばそんな思いだった。

（どうかしている……）

美久は、初めて由紀に激しい憤りを抱いていた。

2

「お姉ちゃん、何で勝手に瀬戸君を呼び出したりしたの？　それでどうして瀬戸君に対して高飛車な態度で二者択一を迫ったりしたの？」

この件に関しては、さすがに美久も黙ってはいられなかった。色をなして由紀に言ったし、問い質しもした。

「この頃のお姉ちゃんはおかしいよ。私は、お姉ちゃんと悠介さんのつき合いに口を挟んだことは一遍もない。お姉ちゃんだって、瀬戸君と私のつき合いに、首を突っ込む権利はない」

迫るように美久が言っても、由紀は顔色ひとつ変えなかった。それどころか、しらけたようないたって冷静な顔をして言った。

「あなたはうぶと言うか、いつまで経っても幼いから。放っておくと、瀬戸さんのいいようにされてしまう。美久ちゃん、男なんて狡いものよ。結婚というゴールを決めずに、ずるずるとつき合い続けていてどんないいことがあるっていうの？　時間を無駄にするだけじゃないの。若さという季節と時間。つき合っている年月は同じぐらいでも、私と悠介さんのつき合いとは違うわ。私たちは、ある程度の時期にきちんと結婚というゴールの約束を交わした。かたやあなたたちときたらいつまでもだらだらと……」

「だからって、私に黙ってお姉ちゃんがでる幕じゃない。だいたいどうしてお姉ちゃんが瀬戸君のケイタイ番号を知っている訳？」

「それはあなたのケイタイを見たからよ」

由紀は悪びれることもなくしれっと言った。

「ケイタイを見た？　姉妹でもそんなのルール違反だ」

「ルールもマナーもへったくれもない。あなたの将来がかかっていることだもの。私は悪いことをしたとは思っていない。思った通り、あの男が煮え切らない駄目男だということがはっきりした。つまりは、彼は美久ちゃんのことを真剣に考えていなかったということよ。それが証明できた。そうでしょ？」

あの男、煮え切らない駄目男――仮にも美久が大学の時からつき合ってきた相手だ。あまりに酷い言いようだと思った。

「彼も彼なら美久ちゃんも美久ちゃん。二人揃って煮え切らない愚図同士じゃ、いつまで経っても埒が明かない。だから私が出張るしかなかったんじゃないの」

「そんな理屈なんてない」

「どうあれ、これでよかったのよ。美久ちゃん、私は銀座の銀画材の大友家に嫁ぐのよ。そうしたら、好ましいご縁がいくらでも得られる。あんなへなちょこ男に関わっていることはない。美久ちゃんはもっといい人と結婚したらいい」

銀画材、大友家――英則ならずとも、かちんときてもおかしくない。「何様？」――正直、美久もそんな思いだった。銀座の一等地に店を構える老舗、銀画材だから何だというのか。

「お姉ちゃん。お姉ちゃんは大友家と結婚するんじゃないでしょ？ 大友家を好きになったんじゃなくて、悠介さんを好きになって、それで結婚するんでしょ？」美久は言った。「なのに、銀画材だ、大友家だって……。私は大友家とは関係ない。結婚相手を大友家のかたたちに探してもらうつもりもない」

「馬鹿じゃないの」

由紀は美久を見下すような冷たい顔と目をして言った。強い口調だった。

「せっかく目の前にしあわせになれるチャンスのカードがあるっていうのに、みすみすそれを引かずに逃すというのは、愚か者のすることよ」

「お姉ちゃん、本当に変わった。おかしいよ。私はそんなふうに計算高くというか、打算的には——」

なれない、と言い終わらないうちに、美久は左の頬に衝撃を覚えた。瞬間、何が起きたかわからなかった。わかったのは、一拍置いてからだ。美久は由紀に頬を平手で張られた。信じられない思いで、呆っ気に取られたように由紀の顔を見る。

「愚図でのろまで取り柄のない人間は、縋れるものは何でも縋って生きていくの」強い調子で由紀が言った。「それに自分は大友家とは関係ないと言ったけど、それはとんだ思い違いよ。大いに関係ある。何せあなたは私の妹なんだから。親族である以上、惨めでみっともない暮らしをしてもらっては困るのよ。結婚するならそれなりの人を見つけて、きちんと嫁いでちょうだい。それには大友家の眼鏡(めがね)に適う(かな)人を紹介してもらうのが一番でしょ？」

「お姉ちゃん——」

美久は言った。ややうんざり顔になっていたと思う。

「どう？　ちょっとは目が覚めた？　ここまで言ってまだわからないのなら、その先まで言ってあげる。あなたはね、お人好(よ)しだから舐(な)められていたのよ。親のない娘だということで舐められていたのよ。お父さんが生きていたら、美久ちゃんをじゃなく、瀬戸さんを引っぱたいていたところよ。それをする人がいないから、私がしたの。そう言ったら、いかにお人好しのあなたにもわかるでしょ？」

「――」

「話はこれでお終い。瀬戸さんが簡単に納得してくれて幸いだったわ。なのに、美久ちゃんがいつまでも引きずってるんじゃ話にならない。いいから、あなたは黙って私の言う通りにしていたらいいの。わかったわね」

　わからない。美久は心の内で、またしても歪んだ正論だと思っていた。だから納得した訳ではなかったが、頬を打たれたショックもあって、それ以上由紀と話をする気になれず口を噤んだ。お姉ちゃんが私のことを愚図でのろまで取り柄のない人間と言っている。私の頬(ほ)っぺたを平手でぶった……何もかもが信じられない。だが、すべては現実に起きていることだ。

　悪しざまに言われて頬を張られ、腹立たしいというより悲しかったし落胆していた。由紀はいつから銀画材や大友家を笠(かさ)に着るような人間になってしまったのか。誰よりもやさしくて思いやりのある由紀は、いったいどこにいってしまったのか。美久は、何が何だかさっぱり訳がわからないという思いだった。

茫然たる心地で、萎れて自分の部屋に戻った。幼い、煮え切らない、愚図、のろま、取り柄がない、お人好し、馬鹿、舐められていた、親のない娘……由紀が次々美久に向かって口にした言葉が勝手に耳の底で繰り返され、容易に頭から離れていかない。

あえて冷静に受け止めるなら、どれも当たっているといえば当たっている気もした。しかし、そう認めてしまったら、由紀の歪んだ正論に呑み込まれてしまう。だから、美久は無理にでも、そんなことはないと否定しなくてはならない。そんなことをぐるぐる思っているうちに、ひとりでに涙が瞳に滲んだ。泣くまいと思ったが、やがて涙が玉を結んでひと筋頬を伝わった。

(変……何もかもが変……)

指で涙を拭ってふとケイタイに目をやると、青い光が点滅していることに気がついた。誰かからメールがきている。

ケイタイを手に取って確認する。大友悠介——メールの送り主は悠介だった。悠介からの初めてのメール。

〈美久ちゃん、こんばんは。大友です。

ちょっと話したいことがあるんだけど、電話しても差し支えないかな。

今、少し話せる状況でしょうか。

もしも差し支えないようであれば、返信ください。折り返します。

悠介〉

つい今し方までめそめそしていたことを忘れたように、美久は目を見開いて真顔で画面を眺めた。それから意を決したような面持ちをして、悠介にメールを打った。何だか、地獄で救い主に巡り逢ったような気分だった。

〈こんばんは、美久です。

返信遅れてすみません。

今でしたらお話しできます。

悠介さんのご都合よろしければ、どうぞお電話ください。

美久〉

すると、すぐに悠介から着信があった。

「もしもし、美久ちゃん？　大友です。こんばんは。急にメールしてすみません。驚いたでしょう？」

いつも通り落ち着いた、柔らかな悠介の声だった。

「いいえ。悠介さん、どうもご無沙汰しています」

「そうだね。このところ美久ちゃんとはちょっと会っていなかったね」

「…………」

「美久ちゃんに話というか、ちょっと訊きたいことがあるんだけど……」悠介は珍しく少し言い澱んだ。「電話では何だから、近々会って話ができないかな？　どうだろう？」

「大丈夫です。あの……話って、姉のことですよね？」

恐る恐るといった調子で美久は尋ねた。

「そうだね」

悠介は答えた。ちょっとだけ声が曇ったような気がした。

「急だけど、どうせなら早い方がいいから、明日とか明後日とか、会社の帰りに時間が取れる日はある？　無理なら来週でも構わないけど」

「いえ、大丈夫です。私の方は明日でも明後日でも」

「じゃあ、申し訳ないけど明日の晩、時間を作ってくれる？」

「はい、わかりました」

「ええと……済まないけど今回のことは由紀さんには内緒で」

「――はい」

そんなやりとりがあって、翌日の晩、悠介と会う段取りになった。由紀に内密で由紀の婚約者と二人だけで会うなど、本来あってはならないことだ。だが、近頃の由紀が由紀だ。悠介との仲はどうなっているのだろうと、美久も気になっていたし、ほかでもない美久自身が迷宮にはいり込んでしまっていた。それだけに、悠介と会えることは、美久にとってはやはり救いだった。会えば何がどうなっているのか、少しはわかるのではないか。そして当然のことながら、悠介も異変は感じているのだと得心がいく思いだった。

(私は愚図でのろまな愚か者かもしれない。でも、やっぱり近頃のお姉ちゃんはおかしい。でなかったら、悠介さんが私に連絡してくるはずがない。お姉ちゃんには内緒で会おうと言うはずがない)

おかしな言いようになるが、悠介から電話をもらって会う約束をとりつけ、美久は一条の光明を見出(みいだ)したような心地になっていた。美久は久しぶりに悠介に会える明日の晩が、待ち遠しくなっていた。

3

悠介とは、新宿の高層ホテルのティーラウンジで会う約束をした。

まるで愛しい人にでも会いに行くようだ――仕事を終え、急くような心地で約束のホテルへと向かいながら、美久は奇妙な気持ちでいた。ふだんより、ちょっとだけだがお洒落もしてきた。服はシスカだ。由紀は捨ててしまったが、シスカは美久も好きなブランドだった。そして、そう思う気持ちの一方で、やや顔を曇らせ内心思案してもいた。自分が迷宮にはいり込んでしまっているだけに、悠介に会えることは救いだし嬉しい。が、だからといって、何もかも洗いざらい悠介に話してしまうという訳にはいかない。今の由紀は明らかにおかしい。前とは別人のようだと言ってもいいぐらいに。とはいえ、あからさまに悠介に告げるのは、由紀に対する裏切りだし、そんなことにはならないとは思うものの、もしも悠介との間に小さなひび割れを作るようなことにでもなったら取り返しがつかない。そうなったら、美久としても本意ではないし大いに困る。

(悠介さんは、私に訊きたいことがあると言った)

電車のなかで、美久は自分に言い聞かせるように思った。

(だから、まずは悠介さんの話を聞いたらいい。すべてはそれからだ)

ホテルに着き、ティーラウンジに行ってみると、先にやってきていた悠介が美久を待ち受けていた。ちょっと腰を浮かせ、片手を差し上げて美久に合図した悠介の姿を目にして、美久は反射的に顔にほのかな笑みを浮かべていた。

やはり素敵な人だと思う。背丈があるし、スーツが似合う。穏やかで落ち着いた面持ちは、育ちがいいというのはこういう人かと思わせる。爽（さわ）やかな若きジェントルマン——言ってみればそんな感じか。

「美久ちゃん、久しぶり」立ち上がって悠介が言った。「急に呼び出したりして悪かったね」

「いいえ。悠介さん、どうもお久しぶりです」

美久は軽く頭を下げてから、悠介の前の席に腰を下ろした。周囲の世界は少し華やいで見える。こうして悠介と二人で新宿のホテルのティーラウンジにいることを、美久はちょっと不思議に感じていた。本来の流れ通りに行っていたら、こんな場面が訪れることはなかった。悠介と会うにしても、言うまでもなくそこには必ず由紀がいたはずだ。

型通りの挨拶を交わした後、飲み物を注文し、運ばれてくるまでの間、世間話のような近況報告めいた話をした。悠介がやや重たげに話の口火を切ったのはそれからだった。

「今日美久ちゃんに時間を作ってもらったのは、実は由紀さんのことなんだけれど、お宅での由紀さんの様子はどう？　変わりはない？」

由紀さん——悠介は、周囲の人や美久に対してだけでなく、由紀本人に向かっても、まだ「由紀さん」と「さん」づけで呼んでいる。「由紀」と呼び捨てにするのは結婚してからにするつもりらしい。「呼び慣れてしまったから」——悠介は言うが、いかにも悠介らしいと美久は思う。

「もちろん、髪をショートカットにしてファッションもすっかり変えたことは言うまでもないけれど。由紀さん、それ以外にもどこか変わった？」

「六月の終わり頃、どこかに一人で旅行に行きましたよね。以降、姉は少し変わりました。姉は悠介さんに対しても変わりましたか」

美久は尋ね返した。自分から先に由紀の異変とも言うべき変化を口にしたくなかったからだ。

「――変わったね」悠介は言った。「髪をあれだけ短く切ったことにも驚いたけど、近頃の由紀さんは中身も前とは些か違っている」

「どんなふうに？」

ちょっと探るみたいに、美久は上目遣いで低く問うた。

「やっぱり旅行から帰ってきてからだ。全般的にテンションが高いというか、多少情緒不安定で、時に由紀さんとは思えないぐらい強く当たってくることがある」

「強く当たってくる……悠介さんに対してですか」

「僕に対してもだけどほかの人に対してもね」

ひとつの例として、悠介は由紀と華子を交えて三人で食事をした時のことを話してくれた。

由紀が髪をうんと短くして、これまでとはファッションもがらりと変えたと話したら、華子が由紀に会いたがったのだ。「えっ、由紀さんが。どんな感じになったか見てみたい。会いたいわ」――。

それで三人で「ポワソン」で食事をすることにした。

「ポワソン」なら美久も連れていってもらったことがある。ポワソンという店名が表している通り、魚料理が美味しいフランス料理の店だ。どちらかと言うと高級フレンチの部類だろう。

由紀は上機嫌で、最初から饒舌だったという。ところが、途中、ウエイターがメインのディッシュをサービスしたところで、とたんに顔色をいたって剣呑な色に曇らせた。皿をだした時、ウエイターが由紀の胸に触ったというのだ。それも意図的に触ったとしか思えないと。

「あなた、何するのっ！」由紀は語気強くウエイターに言った。「客の胸に触るなんてどういうつもり？　失礼じゃないの！」

突然の叱責に、ウエイターはぎょっと目を見開いて背を伸ばした後、たじろぎながらも「大変失礼いたしました」と詫びたらしい。「私はお客さまの胸に触れるつもりはございませんでしたし、触れたつもりもございませんでした。ですが、もしも触れてしまったとするならば、お詫び申し上げます。まことに申し訳ございません」

「もしも触れてしまったとするならば？　何を言っているのよ？　あなた、事実、触ったじゃないの！　わざと触ったじゃないの！」

由紀はなおも迫った。周囲の目や耳もある。そこで悠介と華子はそれぞれ言った。

「由紀さん、落ち着いて。彼も謝っているし、きっと故意にじゃないよ」

「私もわざとじゃないと思うわ。だから由紀さん、落ち着いて。そんなに怒らないで」

すると由紀は、きっと鋭い顔と目を二人に向けて言い放った。

「何よ。二人して私の味方ではなくて店の人間の味方？　それってどういうこと？　あんまりじゃない」

「いや、べつにそういうことは——」

「帰る！」決然と言って、由紀は不意に席を立った。「こんなに不愉快なことはないわ！」

言うなりグラスの水を悠介に浴びせかけて、むろん食事も途中で、席を蹴るといった体で本当に一人で帰ってしまったという。

「情けないことに、僕は呆っ気に取られて、由紀さんを追いかけることもできなかった。言い方は悪いけど、とりなしようがないぐらいヒステリックになっているのがわかったし」悠介は言った。「華子はああ見えて気が弱いところがあるから、すっかりショックを受けて仰天してしまっていたし」

「姉がそんなことを――」

美久も仰天して言った。「ポワソン」のような店で、声を荒らげてウエイターを叱り飛ばしたことも驚きだが、誰あろう、ほかでもない悠介にグラスの水を浴びせかけたとは。それも悠介の妹である華子の目の前でだ。「私の知っている由紀さんとは、見た目も何もまるで別人……」――なかば茫然となりながら、華子は呟いたという。華子の驚きはよくわかる。

「すみません、お姉ちゃんが悠介さんに水を浴びせるなんて酷いことを」

話にびっくりして、思わず美久は、姉ではなくお姉ちゃんと言っていた。

「いやいや」悠介は軽く首を横に振った。「水だもの、僕はどうってことなかった。でも、何だか嫌だな。由紀さんの悪口を言っているか告げ口でもしているみたいで。ごめんね、君の大事なお姉さんのことを」

「いいえ、そんなことはありません」

美久は悠介を見つめてしっかりと言った。悠介が由紀の悪口を言ったり告げ口をしようとしているのではないことぐらい、美久にもよくわかっていた。

「本当のことを正直に言っていただいた方がいいんです」続けて美久は言った。「あ、正直にというのは失礼ですね。忌憚なくと言ったらいいか」

二人の新居となる恵比寿のマンションの内装工事もプラン通りに順調に進んでいたが、由紀はそれも横槍（よこやり）を入れる恰好でストップさせてしまったらしい。

「二人でよく話し合って決めたはずだったんだけどね、何でも急に気に入らなくなったとかで」

「え？　気に入らなくなった？」

「うん。で、やり直し。ふりだしに戻るって感じで」

「すみません」

やや肩を窄（すぼ）めるようにして美久は言った。

「美久ちゃんはさっきから謝ってばっかりだ。美久ちゃんが謝ることはないんだよ。美久ちゃんに謝られると僕も胸が痛む」

「すみません」――また言いそうになり、美久は慌てて言葉を吞み込んだ。

「まあ、言ってみれば一事が万事でね、上機嫌かと思えばいきなり不機嫌になるし、一度言いだしたらこちらの言うことに聞く耳持たない。とにかく強硬なんだ。少し前までの由紀さんとはまるで違う。そんなこんなで僕も少々戸惑ってしまってね、家での由紀さん、美久ちゃんに対する由紀さんはどうなんだろうと思って美久ちゃんに連絡してしまった」

悠介からは、「ポワソン」での一件とマンションの内装工事の一件、ふたつの事例を聞いただけだ。が、悠介が「一事が万事」と言っているからには、ほかにもいろいろあったしあるのだろう。美久にもそう推察できた。

「同じような感じです」美久は悠介に言った。「急に正論らしきことをふりかざしてきて、いったん言いだすと頭ごなし、こちらの言うことをまったく聞いてくれません」

「美久ちゃんに対してもそうなのか」

「姉が新しい知り合いたちと飲み歩いたりしていることはご存じですか」

「うん。クラブで知り合った人たちらしいね」

「そういうのも、ちょっと前の姉らしくない感じがして。何でここにきて急にクラブ通いなのか、どうしてそこで知り合った人たちと親しくつき合っているのか、私にはさっぱり訳がわかりません。家にもその人たちを急に連れてきたりしますし」

「家にも？」

「ええ。それはやめてくれと頼んだのに無視という感じで」

「家にもというのは、美久ちゃんも困るね」

「よく知りもしない人たちを家に上げるというのはちょっと」

どこまで悠介に話していいものか、内心迷いながらも美久は言った。そして英則とのことも、かいつまんでだが悠介に打ち明けた。さすがに銀画材と大友家を笠に着てものを言ったことまでは口にできなかったが。

「えっ。それじゃ美久ちゃんは、大学時代からのつき合いだった彼と別れることになってしまったの？」

驚いたように悠介が言った。それに対して、美久は小さく頷いた。

「はい。煮え切らない同士、父が生きていたらそんな将来の展望のないだらだらとしたつき合いを許していない……そう言われてしまうと、どれも当たっているし正しいような感じもするんです。でも、その論理はどこか歪んでいるというか……」

「そうだよね」悠介は頷いた。「前提自体が間違っているものね。つき合いは美久ちゃんと彼の間の問題であって、つき合い続けるも別れるも、二人の間で決めること。それが前提だ。その前提を取っ払ってしまっては」

悠介の言う通りだと思った。歪んだ正論——そう思ってきたがちょっと違う。由紀が歪めているのは前提だ。前提を歪めて論理を展開している。旅行から帰ってきてからだ。由紀はそういう論法を用いるようになった。

「そうですよね。悠介さんもそうお思いになりますか」

「思うよ」

「でも、悠介さんのおっしゃる通り、本当に強硬に言うし、悪いことにそれが一面当たってもいるもので、話していると私は姉の論理に呑み込まれてしまって。それで余計に何が何だかわからなくなってしまっているような状況です」

「そうか……。しかし、本当に由紀さんらしくないな。美久ちゃんのことを誰よりも可愛く大切に思っているはずの人が。だけど、人間、急にそんなに変われるものだろうか」

「そうなんです。それが私もとにかく不思議で。旅行に行って以来——ひとつ言えるのはそれだけで。いえ、一人で旅行にでると言いだした時から、何かがおかしくなり始めていたのかもしれません」

「旅先で何かあったんだろうか」

珍しく、顔を曇らせて悠介が言った。

「私もいっときそう考えたりもしましたけど、そういうことでもないような。本当のところはわかりませんが」

「おんなじだね」悠介は言った。「僕たちは、どうやら同じ謎にはまってしまっているらしい」

「私も迷宮にはいり込んでしまっていると思っていました」

「迷宮か。たしかにね」

「あ、悠介さん」あれこれ話してしまってから、慌ててとりなすように美久は言った。「姉は今、ちょっとおかしくなっているかもしれません。でも、どうか姉のことを嫌いにならないでやってください。きっと一時的なことだと思いますから。お願いします」

「ああ、もちろんだよ」悠介は即座に請け合った。「僕は今でも由紀さんが大好きだし、由紀さんと結婚するという気持ちに少しも変わりはないよ」

「最近の姉が少しおかしいことはご両親には？」

「言っていない。心配をかけてもいけないので、『ポワソン』でのことも、華子にも、両親には話さないように口止めした」

悠介の言葉に、美久はいくらか安心した。だが、華子が言いつけを守れるかどうかはまたべつだ。

「でも、やっぱりおかしいよね」続けて悠介が言った。「たしかに今の由紀さんは何かがおかしい。どうだろう、このまま放っておいていいものなんだろうか。僕は、下手をすると暴走しそうで、見ていて怖い時がある」

そうは言っても、いったい何があったのか、或いは何が由紀を変えたのか、それが二人とも見えていない。それではどうにもならなかった。

「美久ちゃん、由紀さんには内緒で時々連絡を取り合うことにしないか」

美久の目を見て悠介が言った。瞳を覗き込むような眼差しだった。

「僕も美久ちゃんも、由紀さんの変化を奇妙に思っているし、見過ごしてはいけないと思っている。僕らはもう身内みたいなものだから連絡を取り合おう。これからは、何でもありていに打ち明ける間柄になろうよ。それが由紀さんのためだと思って。さっきも言ったけど、どうあれ僕の由紀さんに対する気持ちは変わらないから。それは安心して」

「私は、悠介さんとお話しできると救われますけど……いいんでしょうか」

「いいさ。そういうことにしようよ。今、ちょっと振り回されて当惑していることも事実だけど、僕は由紀さんのことが心配なんだ」

心配——それは美久も同じだった。このまま由紀はまだ変わり続けるのか。何があって、どこへ向かおうとしているのか。

同じ迷宮にはいり込んだ者同士、悠介と美久は小さな同盟を交わしたし、由紀に対してある種の秘密を共有する間柄になろうとしていた。

4

ティーラウンジでひと通りの話をすると、悠介は美久を食事に誘った。

「どう？　一緒に夕食でも？　久しぶりに『みすじ』にでも行く？」

「みすじ」には、二度ほど連れていってもらったことがある。代々木上原にある小料理屋と割烹料理屋との中間のような店だ。ちょうどよい広さで落ち着くし、雰囲気がよく料理も美味しいので、由紀も美久も気に入っている。好きな店のひとつだ。

久しぶりに悠介と会って、由紀に関して話ができて、気持ちが少し軽くなったし、正直、そのまま別れ難い思いはあった。しかし、美久はその誘いを断った。姉の由紀の婚約者である悠介と、密かに二人でホテルのティーラウンジで会っている。それだけでもおかしなことなのに、そのうえ悠介の言葉に甘えて夕食までともにする訳にはいかない。それに、悠介と一緒にいる時間が長くなり、ちょっぴりでも酒がはいったら、まだ今日の段階では話すべきではないことまで口にしてしまい、後悔しそうで怖かった。

「いえ、私は今日はこれで帰ります」

だから、美久は悠介に言った。

「遠慮することはないんだよ。どうせ僕も夕飯は食べるんだから」

「いえ、本当に」

「そう。じゃあ今日は、これ以上は誘わない。今度改めて食事でもしながら話をしよう」

悠介とは新宿で別れ、美久はJR中央線の下りに乗り込んだが、そのまま真っ直ぐ家に帰る気持ちにもなれなかった。今日の由紀の予定は聞いていない。前と違って詳しく言わなくなったからだ。美久の予定も聞かない。このところ、家で由紀と夕食をともにすることは滅多にない。恒例だったはずの朝のゆったりした食事さえ、一緒にとらない日がふえた。のろのろ朝食をとるぐらいならその分余計に寝ていたいし、朝食などとりたくない日だってある——そう言って由紀が起きてこなくなったからだ。だから、まだ帰っていないかもしれないが、もしも由紀が帰っていたら、美久は由紀に秘密で悠介に会った後ろめたさのようなものが、何だか顔にでてしまいそうな気がして怖かった。美久は小心者だから、嘘は苦手だ。嘘も方便と言うが、うまく嘘がつけない。ことに由紀に対しては。

（西荻のあの店でハンバーグでも食べて帰ろう）

あの店——ナッカが家に来て料理を作り、美久が食べるの食べないのとぐずぐずしていて由紀に追い立てを食わされた時に行った洋食屋だ。女性一人でもはいりやすい店なので、気の小さい美久には助かる。

西荻窪で電車を降りる。頭で予定していた通り、美久はその洋食屋に寄った。赤のグラスワインを飲んでのろのろハンバーグを食べながら、美久は自然と悠介とのやりとりを振り返っていた。

「ポワソン」での出来事やマンションの内装工事の一件を耳にして美久は驚いたし、英則との一件を耳にして悠介もまた驚いていた。それでいて、お互い本当にはびっくりしていなかったところがあった気がした。言ってしまえば、やっぱりな、案の定という思い。そして、美久は、英則との一件で由紀に抗弁したことで由紀に手を上げられたことまでは悠介に告げなかった。由紀が最近さかんに銀画材や大友家の名前をだし、よく知りもしない人間に対しても、自分は玉の輿だなどと言っていることもだ。今日は由紀を貶めることなく、最低限話しても差し支えない範囲のことだけを話した。恐らくそれは、悠介にしても同じことだっただろう。下手にすべてをあからさまに話せば、美久の実の姉であり、美久にとってはたった一人の肉親である大事な人間のことを、悪く言っていることになりかねない。悠介はきわめて紳士的で常識的な人間だ。だから、その点に関しては充分気を遣ったに違いない。それは美久にも容易に想像がついた。

(私に愚図だ、のろまだ、取り柄がないなんて言って頬っぺたを引っぱたいたりしたみたいに、お姉ちゃん、きっと悠介さんにも酷いことを言ったりしたりしているんだわ。グラスの水を浴びせかける以上に)

視線を虚空に投げだして、美久は思った。

(それでいて、自分は玉の輿だとか、大友家の一員になるとか言っている。悠介さんだけじゃない。華子さんや向こうのご両親の印象をうんと悪くしたら、肝心のその話だって壊れかねないっていうのに。お姉ちゃんったら、いったい何を考えて……)

「下手をすると暴走しそうで、見ていて怖い時がある」――悠介は言った。暴走……悠介にそう思わせるようないったい何をしでかしたのか。美久が想像している以上に、悠介がぎょっとせざるを得ないようなことがあったのかもしれない。だからこそ、悠介は美久に連絡してきた。きっとそうだ。

悠介と会って話をして、いったんは多少気持ちが落ち着いたようなところがあった。しかし、別れて冷静に振り返ってみると、謎は少しも解けておらず、結局迷宮にはいり込んだままだし、ますます心配な状況だと再確認せざるを得なかった。意図せず溜息がでた。

ひとつだけ言えるのは、やはり十二日に及んだ例の一人旅が、いわばキーかターニングポイントだったということだけだ。由紀は、事前に悠介にも行く先を告げることもなければ、途中連絡も寄越さなかったし、帰ってからもこれといった報告はなかったそうだ。そして変わった。誕生日当日は、由紀が用事があるというので会わなかったが、べつの日にお祝いの食事をして、悠介は由紀にマジョルカパールのペンダントトップを贈ったという。けれども、由紀はたいして嬉しそうな様子は見せなかったし、以来、それをつけてきたこともないらしい。

(やっぱりわからないことだらけ……)

寄り道をしても、気持ちは切り換わらなかったが、食事を済ませて店をでると、意識的にひとつ大きく息をつき、あえて気持ちの切り換えを図った。今日は悠介さんと会ったんじゃない。真実と食事をして帰ってきた——歩きながら、無理にでもそう思うことにした。

家に帰ってみると、部屋の灯りが点いていた。それで美久にもすぐに由紀が先に帰ってきているのがわかった。

「ただいま」

リビングでテレビを観ている由紀の後ろ姿を目にして、美久は声をかけるように言った。

「お帰り」

そう言って振り返った時は、穏やかな表情をしていたような気がした。ところが一転、美久の姿を目にした途端、由紀はさっと顔色を変え、鋭い目つきで美久を睨みつけた。そしてソファから立ち上がり、つかつかと美久に歩み寄ってきた。

「あなた、どういうつもりっ？」

強い調子で由紀が問うた。

「え？」

「だから、どういうつもりかって訊いているのよっ！」

由紀は鬼の形相で言って、美久の襟首をぎゅっと摑んだ。間近で蒼ざめた鬼の顔をした由紀に詰め寄られて、美久は大いにたじろいだし動転した。顔に蒸気のような細かな汗が噴き出す。

「何のつもりなのよ、あんたは！」

由紀は襟首を摑んだまま美久を揺さぶる。由紀に揺さぶられながら、美久は動転した頭で考えていた。

恐らく由紀は、自分に秘密で悠介と会ったことを言っているし責めているのだろう。でも、どうしてそのことに気がついたのだろうか。英則のことがあったから、美久は警戒してケイタイの悠介とのメールも電話の着信記録も削除しておいた。にもかかわらず、どうして悠介と会ったとわかったのか。

が、続けて由紀が思いがけない言葉を発した。

「あなたって、どうしてそうもつましいというか貧乏臭いの？」

「え……」

「このワンピースよ！　言ったでしょ？　私は自分の服を誰かが着ているなんて嫌なんだって。なのにどうして私が捨てた服をとっておいて着たりしているのよ！」

「お姉ちゃん、落ち着いて」ようやくのことで美久は言った。「いったい何のことを言っているの？」

「服よ、この服。これは私の服じゃないの。私が捨てたシスカの服」

「誤解よ」美久は思わず目を見開いた。「これはたしかにシスカの服よ。でも、お姉ちゃんの服じゃないし、お姉ちゃんが捨てた服じゃない。私が買った服よ」

「そんな言い訳が通ると思っているのっ？」

「よく見てよ。色だってデザインだって違う。私が買った私のワンピースだって」

「嘘言いなさいっ！」

言うなり凄い力でワンピースを引っ張った。前ボタンのあるワンピースがめりめりといい、ボタンがちぎれ飛んで生地が少しだけ裂けたのがわかった。

「やめてよ！」

美久が襟首を掴んだ由紀の手を必死でふりほどくと、由紀は案外あっさり美久から離れていった。が、すぐに戻ってきたかと思うと、今度はその手に布団叩きが握られていた。

「嘘つき！　美久ちゃんの嘘つき！　あなたがそんな人間だって思わなかった」

「わ！」

由紀は手にした布団叩きで美久を打ちつけた。一度や二度ではない。何度も何度も打ちつけた。頭や顔を庇った腕にびしびしと張られる痛みが走る。

「やめてよ！　お姉ちゃん、やめて！」

言ってもなお、由紀は美久を打ちつける。「やめてって言ってるでしょっ！」

美久は由紀から布団叩きをもぎ取ると、勢い由紀を突き飛ばした。由紀はよろけ、床にすとんと尻餅をついた。瞬間、間があった。が、由紀が大声を上げて泣きだした。

「酷い！　美久ちゃんが私を突き飛ばした。私を転ばせた。暴力をふるった。酷い！」

時に美久を詰(なじ)りながら大声を上げて泣く由紀を、美久は茫然として眺めた。何が起きているのか、美久にもよくわかっていないところがあった。

「貧乏臭い！　あんたって娘は陰気臭くて貧乏臭いのよっ！　ひとの服を拾って着て……嫌になるぐらい貧乏臭いのよっ！」

由紀の言葉で、由紀は美久が密かに悠介に会ったことを問題にし責めているのではないことがわかった。そのことに、わずかばかり安堵(あんど)を得る。が、それにしても、いったい由紀はどうしてしまったのか。言うまでもなく、もちろん美久が着ているワンピースは、美久が買ったものだし美久のものだ。由紀が処分した服ではない。ブランドは同じシスカとはいえ、色もデザインも異なるから、よくよく見るまでもなく、自分の捨てた服ではないことがわかるはずだ。にもかかわらず、由紀は顔色を変え大騒ぎをし、服を裂いたし布団叩きまで持ち出して美久を何度も叩いた。

まただ——美久は思った。悠介が言っていたように、今の由紀は前提自体を変えてしまう。

もしも本当に由紀が処分した服を美久が拾って着ているのなら、つましい、貧乏臭いと言われても仕方ないかもしれない。でも、その前提が違っている。

由紀は、美久が自分を突き飛ばした、転ばせた、暴力をふるったと泣き喚いて訴えているが、それもちょっと違う。美久が由紀を突き飛ばしたのは事実だけれど勢いだ。転ばすつもりもなかった。由紀が先に暴力をふるわなかったら、また、すぐにやめていたら、美久もそんなことはしていない。いわば緊急避難だ。誰が暴力をふるったか——ここでも前提が違ってしまっている。

尻餅をついて床の上に坐り込んだまま、由紀は時々美久を罵りながら声を上げて泣き続けている。

「美久ちゃんが私を突き飛ばした。暴力をふるった。——酷いっ！」

(お姉ちゃん、いったいどうしちゃったの？　どうなっちゃったの？)

美久には、由紀が壊れたようにしか思えなかった。しかし、どうして壊れたのかがわからない。

壊れているようであって、前提を換えた論法は、もともと理の勝っている人だけに崩さない。そこがややこしかった。

ヒステリック——今日、たしか悠介は由紀に関してそんな表現を用いた。今、美久が目にしているのは、まさにヒステリックとしか言いようのない由紀のありさまだ。由紀は悠介に対しても、こんな姿を見せているということか。

「馬鹿！　美久ちゃんの馬鹿っ！」

由紀がまた美久を罵る。

美久は由紀を宥(なだ)める言葉も思いつかないまま、執拗(しつよう)に美久を罵り泣き続ける由紀を、ちょっと見下ろすように、ただ茫然と立ち尽くしたまま見つめるばかりだった。

第四章

1

九月になり、暦の上では秋が訪れた。が、むろんまだ夏は去っておらず、東京はなおも暑い日が続いている。美久の暑い夏もまた終わってはいない。けれども、例年九月を迎えると、美久は翌月の十月の秋めいた空気を思って、一種独特の感慨を覚えることも事実だった。もう秋だ。また十月がやってくる——。

由紀と美久の両親、紀明と留美が東南鉄道の事故で亡くなったのが十月だ。正確には十月の二十三日。

姉妹は、両親からそれぞれ一字をもらって、由紀と美久と名づけられた。

「ふつうは美久じゃなく久美だよな」

いつか英則が言ったことがある。案外常識的な頭の持ち主の英則らしい発言だと思ったことを思い出す。

「久美より美久の方が、何だか妹らしい感じのする名前だと思ったからよ」昔、命名の理由を尋ねた時、留美は美久に言った。「姉妹、ずっと絆が切れることなく、仲よくあってほしいなと思って、妹らしい名前の美久にしたのよ」

紀明や留美の願い通り、仲のよい姉妹だった。これまでは。

亡くなった当時、四十七歳だった留美も、生きていれば今年五十九歳、来年は還暦を迎える歳になっていたことを思うと、いくらか不思議な気持ちになる。紀明は今年六十二歳だ。もう還暦を過ぎている。二人はアラ還のどんな夫婦になっていただろう。

二人の死から丸十二年が経とうとしている。したがって、今年は節目の十三回忌。由紀は来月十一日の日曜日に法要をとり行なうと言っている。そのことで、美久に叔母の敦子から電話がはいった。敦子は紀明の妹だ。

「美久ちゃん、兄さんとお義姉(ねえ)さんの法事のことなんだけど、どういうこと？」

電話の向こうの敦子は言った。

「え？　どういうことって？」

敦子の言っていることの意味がわからずに美久は言った。

法事のことは由紀に任せてある。十三回忌に関しては、自分が取りまとめるし仕切るからと、由紀が言ったからだ。したがって、美久が承知しているのは日付と時刻と場所だけだ。十月十一日の日曜日、午前十一時多磨霊園。精進落としの食事は霊園近くの「駒家」本店。

「そろそろ十三回忌の法要の頃だと思って由紀ちゃんに連絡したら、由紀ちゃん、十三回忌は美久と二人きりでやりますからって、そう言って」

「えっ」

ケイタイを耳にしたまま、美久はわずかに目を見開いた。

「十三回忌は節目の大事な法要よ」敦子は言った。「私たちだってお参りさせてもらいたいし、小林家の側のごきょうだいだってそう思っているんじゃないかしら」

小林というのは留美の旧姓だ。兄弟姉妹は三人で、兄と妹、美久たちにとっては宏治という伯父と希代という叔母がいる。

またやった――美久は顔を曇らせ、内心そう思うばかりで、敦子にはっきりしたことは告げられなかった。だから、仕方なしに曖昧に言った。

「敦子叔母ちゃん、ごめんなさい。お姉ちゃんに甘えて任せっきりで、私、法事のことは何も聞いていないの。お姉ちゃんに確かめてみるわ。それでまた連絡するようにするね」

「そうして。うちは、私も叔父さんもお墓にお参りしたいと思っているから」

「すみません。私が頼りなくって」

十二周忌という言い方があるのかどうかはわからないが、丸十一年目に当たる去年は、親戚たちに声はかけなかった。だが、悠介は来た。十三回忌に当たる今年は、由紀が自分が取りまとめるし仕切ると言ったので、誰と誰が出席してくれるのか、総勢何名の会になるのか、美久は詳しいことはまだ何も聞いていなかった。今年は悠介もまた来るのだろうか、と頭でぼんやり思っていただけだ。詳しいことは、もう少し近くなってから訊けばよいと思っていたのだ。

(甘かった……)

敦子からの電話を切ってから、臍(ほぞ)を噛(か)むように美久は思った。今の由紀のありようを思えば、由紀に任せっきりにしていてよいことではなかった。親戚のなかでは親しい仲の敦子にさえそう言ったというのだから、法事までもう一ヵ月というところまできても、たぶん由紀は自分からは誰にも連絡していないし、誰かから連絡があれば、敦子に向かって言ったのと同じように言って断っているのだろう。悠介には尋ねていないが、恐らく今の段階では、悠介にも何も言っていないに違いないし、参列してもらうつもりもないのだろう。だから敦子に対しても、由紀は「美久と二人きりでやりますから」と言った。

「お姉ちゃん、お父さんとお母さんの十三回忌のことだけど、どうなっているの?」

その晩、美久は由紀に尋ねた。前提を換えて、たやすく激する由紀の状態は今も続いている。それだけに、腫れ物に触るような思いだったし、言い方にもなっていた。

「どうって? 来月の十一日って言ったでしょ?」

「今日、敦子叔母ちゃんから電話があった。叔母ちゃんも叔父さんもお参りしたいからって」

　すると、由紀は冷たく美久を睨んだ。この頃では、見慣れてきた由紀の顔であり目であり表情だ。それでいて、見るたびざわざわ不穏な気持ちにならずにはいられない表情でもある。

「お参りしたいからって勝手に……。ちゃんと断ったっていうのに」いくらか忌ま忌ましげに由紀は言った。「美久ちゃん、それであなた、敦子叔母ちゃんに、『出席してください』『よろしくお願いします』って言ったの？」

「言わなかった。お姉ちゃんに確かめてみるって、そう言った」

「そう、ならいいわ」由紀は軽く頷いて言った。「今年は美久ちゃんと私、二人きりで供養するの。もちろん、お寺さんは頼んだけど。だから、敦子叔母ちゃんにも、何も連絡しなくていい」

「そういう訳にはいかないわよ。私、『また連絡するようにするね』って言っちゃったもの」

「私は美久ちゃんと二人きりでやりますからって言って、叔母ちゃんにははっきり断った。だからもういいんだってば」

「だけど……」

「美久ちゃん、十三回忌のことは、私が取りまとめるし仕切るって言ったし、あなたもそれで納得したはずでしょ？　私が二人きりでやるって言っているんだから、それでいいのよ」

「でも、十三回忌よ。敦子叔母ちゃんも言っていたけど、大事な法要だわ」

「大事な法要だからこそ、お父さんとお母さんを本当に大事に思っていた人間だけでやりたいのよ。義理で来る人は要らない」

「義理で来る人って……。敦子叔母ちゃんだって、お父さんたちのこと、大事に思ってくれていたと思うけど。亡くなってから、私たちのことも本当に親身になって心配してくれたし」

「敦子叔母ちゃん、敦子叔母ちゃんってうるさいな」

不機嫌そうに由紀が言った。言葉を投げ出すような言い方だ。またたやすく火のつきそうな顔つきと目つきをしている。要注意だった。近頃の由紀は、上機嫌が一転不機嫌や怒りに変わることもあれば、不機嫌がたちまち怒りに変わることもある。嵐の前触れ――。

「お姉ちゃんの気持ちはわかる。私も本当は、お姉ちゃんと二人きりの方が気を遣わなくて済むからいい」美久は、意識的に穏やかな声と口調をとり繕って静かに言った。「十七回忌となればそれでもいいと思う。でも、今年の十三回忌までは、お父さん、お母さんの兄弟姉妹だけには声をかけて、来てくれるという人に来てもらうことにしない？　来年はお姉ちゃんも結婚して大友家の人になるし、中田家としても今年は大きな節目になる訳だから」

「何で十七回忌はよくて十三回忌は二人きりじゃ駄目なの？」

由紀は言った。相変わらず冷たい表情をしていた。

「先のことはわからないけど、今はみんなまだ元気だし、声をかければ来てもらえそうだから」あまり明確な理由にならないと思いながらも美久は言った。「それに、お父さんやお母さんも、叔母ちゃんたちが来てくれた方が喜ぶと思うよ」

「そういうものの考え方や言い方が気に入らないし嫌いなのよね、私」由紀はいたって面白くなさそうに言った。「亡くなった人が喜ぶとか喜ばないとか。いかにも敦子叔母ちゃんの言いそうなこと」

「あ、敦子叔母ちゃんはそんなこと言ってなかったよ。私が言っただけ」

慌てて美久は言った。

「じゃあ、訊くけど美久ちゃん。死んだ人が喜ぶとか喜ばないとか、どうしてあなたにわかるの？」

「……………」

「そういうのはきれいごとめいた方便よ。供養や法事なんか、生きている側の人間が、自分たちが納得したいからやるだけのこと。そうでしょ？　違う？」

口数がふえ、早口になってきた。徐々に感情が激しはじめているのを感じて、内心美久は脅えた。

「お父さんとお母さんの十三回忌に関しては、美久ちゃんも納得して私に任せた。一度任せたのなら、今になってがたがた言わないで。敦子叔母ちゃんが何だって言うの？　叔母ちゃんより大事なのは実の姉の私でしょ？　敦子叔母ちゃんのことなんか、放っておけばいいのよ。こっちからはもう連絡しないこと。向こうから電話があったら、『二人でやります』と言えばいい。それだけのこと」

「わかったわ。わかったわ、お姉ちゃん」

本当はわかっていない。しかし、美久はそう言うしかなかった。もう嵐はたくさんだったからだ。由紀を怒らせたくない。不本意と言えば不本意だが、法事は二人きりでやるしかなさそうだ。美久は諦めはじめていた。

「法事は二人でやりましょう」

仕方なしに美久は言った。

「だったら何でがたがた言ったのよ？　私の決めたことに意見したのよ？」

美久を睨んで由紀が言った。

「叔母ちゃんから電話があって、お姉ちゃんが私と二人で法事をやるつもりだと知って、ちょっと驚いただけ。誰も呼ばずに二人きりでやるってことは、私も聞いていなかったから。

それで訊いたのよ」

「話さなかった私が悪いと言いたい訳だ」

「違うって。私はただ事実を述べているだけで――」

「何が事実よ？　何が述べているよ？　偉そうに」

こうなるともういけない。美久は、わかっていてうかうかと地雷を踏んでしまったという思いだった。

「私が悪いと思っているんでしょ？　だからそんな偉そうな口利いたんでしょ？」

「ごめん、お姉ちゃん。気に障ったのなら謝るわ。だから怒らないで」とり縋るように美久は言った。「ごめんね。十三回忌はお姉ちゃんと私の二人きりでということで。もう口出しはしないわ。がたがた言わない」

「最初から、それで納得すればよかったのよ。何だかんださんざん口出しした後にいまさら何？」

「謝る。私が悪かったわ。だから落ち着いて。もう怒らないで」

「ロボットじゃないのよ。いったん気分を害してしまったら、すぐに元には戻らない。急ににこにこ笑ってと言われて笑えるもんじゃない」

「――」

これ以上何を言っても火に油を注ぐだけ――そんな思いに、美久は口を噤んだ。

一面、由紀の言っていることは正しくもある。人間、一度リミッターを超えて腹を立ててしまったら、そう簡単に腹立ちは治まらない。謝られても、機嫌を直してくれと言われても、急に機嫌を直してにこにこはできない。けれども、ここでもことの前提が違っている。美久がそこまで由紀の気分を害する何を言ったというのか。美久は法事の件で訊いただけだし相談しようとしただけだ。意見は言ったが、一般には常識的と思われる法要のかたちを取ってはどうかと言っただけだ。極端なことを言った訳ではない。こめかみに青筋を立てて自分を睨みつけている由紀を前に、美久は脱力するばかりだった。

由紀がきいっと金切り声を上げて、テーブルの上のテレビのリモコンを摑んで床に叩きつけた。

「イライラするっ。あんたのそういう陰気な顔を見ているとイライラするっ」

「わかった。なら、私、自分の部屋に行くね」

意識的に静かで落ち着いた調子で言うと、美久は由紀に背を向けた。由紀に叩かれたり蹴られたりするよりはまし。落ちたリモコンは拾わなかった。

背後でまだきいきいと言って美久を詰っている由紀の声が聞こえたが、美久は耳を閉ざして自分の部屋にはいった。

どうかしている。もう病気だ。こんなで七曜画廊の仕事はちゃんと勤まっているんだろうか——由紀の言う陰気な顔をしてベッドに腰を下ろしながら、美久は胸で思っていた。

自慢の姉だ。大事な姉だ。大好きな姉だ。しかし、日々こんなことが繰り返されると、少しずつ少しずつ由紀が嫌いになる——そんなことになるはずがないと思いつつも、美久はそうなることを、内心何よりも恐れていた。

2

赤坂見附に、「花居」という店がある。今、流行りの大人の隠れ家的な個室の店で、ちょっと洒落た酒肴をだす創作料理屋だ。鶯宿梅のイカ和え、マグロとアボカドのセビッチェ、酒盗のピッツァ……酒飲みには堪えられない店だし、器の趣味や雰囲気もいい。「花居」も、悠介と由紀に連れてきてもらった店だ。思えば、美久はずいぶん二人と一緒に食事をしたり酒を飲んだりしている。英則や真実に呆れられるはずだった。その「花居」で、美久は悠介と会った。もちろん、由紀には内緒でだ。

新宿のホテルのティーラウンジで会って以降、悠介とは主にメールで連絡を取り合っていた。時には電話で話すこともあった。だが、メールや電話では、やはり埒が明かない。それで改めてまた会うことになった。ちまちま肴をつまみながらゆっくり話をするには、「花居」はもってこいの店だった。

　日々、由紀が呈するありさまは、すでに症状と言ってよく、しかもその症状は、日増しに悪い方に向かっていると言ってよかった。飲んだくれて帰ってきて、そのままソファに倒れ込むようにして眠ろうとしているのを見て、翌日は仕事もあることだしと、由紀を揺り起こしたことがあった。由紀は「うるさい！　触るな！」と唸って、ソファに投げ出した足で美久を蹴飛ばした。

　きっと美久を睨むと、由紀はその勢いで起き上がり、自分の部屋にはいっていったが、どれだけ飲んだものかと思うような足取りだった。その証拠に、由紀はその翌日は、酷い宿酔いだからと、仕事を休んでしまった。宿酔いだから仕事を休むなど、さすがにこれまでなかったことだ。

「え？　休む？　仕事、休むの？」

　部屋からなかなか出てこない由紀の様子を見に行き、美久はベッドのなかの由紀に向かってびっくりして言った。案の定と言うべきか、由紀はメイクもそのままに服を着たまま寝ていた。

「そうよ。休む」

美久の問いに平然と由紀は言った。

「大丈夫なの？　急に休んだりして」

「大丈夫よ。もう石原さんが仕事を覚えてる。私はどうせ今年いっぱいで辞める身だもの」

「……………」

「ああ、うるさいな。出ていってよ！　私はまだ寝るんだから。気分もだけど機嫌も悪い。話なんかしたくないのよ。あんたはさっさと会社に行きなさい！」

たしかに由紀は結婚準備のため、今年いっぱいで七曜画廊を辞めることになっている。とはいえ、立つ鳥跡を濁さずという言葉もある。社長の高樹は仲人でもある。退職の日までは、宿酔いだとか機嫌が悪いとかの理由で仕事を休むことなく勤め続けるべきではないか。そう思ったが、余計なことを口にすればまた怒り飛ばされかねないし蹴飛ばされかねない。だから美久はそれ以上は何も言わず、自分は会社に出かけた。

それはほんの一例だが、全般に由紀はだらしなくなった。自分の飲み食いしたものも片づけないし食器も洗わない。部屋を散らかす。今では洗濯も美久任せだ。下着さえ自分で洗おうとしない。バスルームも、由紀が使った後はとり散らかっている。几帳面できれい好きだったはずの由紀は、いったいどこへ行ってしまったのかと思うようだ。「お前」だの「馬鹿」だの「間抜け」だの……美久に向かって時に汚い言葉を使うことも相変わらずだ。「鬱陶しいんだよ、お前は！」……そんな言葉を耳にすると、何だか美久はがっかりする。

若者ではないのに切れやすいという傾向もエスカレートしていて、美久は口の利き方に気をつけなければならない。何よりそれが苦痛だ。家でものを言うのに気を遣うというのはくたびれる。しかし、いったん怒らせると容易に治まらず厄介だとわかっているから、いやでも気を遣わざるを得ない。一方、由紀は、テレビを観ていて怒りだすこともあり、それは美久にも予想がつかないし止めようがない。テレビにでているタレントやCMに対して怒って暴れてどうなるのかと思うが、それも注意できない。言えば怒りの矛先が、美久に向くことがわかっているからだ。

「私に対して怒りやすくなったという分にはまだいいと思っているんです」美久は悠介に言った。「でも、あんなで、外では大丈夫なんだろうか、七曜画廊はどうなっているだろうかと、それが私は心配で……。姉はやはり悠介さんに対しても怒りっぽいですか。屁理屈みたいな正論をふりかざして怒ったりしますか」

「そうだね」悠介は軽く頷いて言った。「『どうして？』と思うようなことですっかり機嫌を悪くしてしまう。一度機嫌を悪くすると長引く。前のいたって穏やかで寛容な由紀さんとは人が違っている」

悠介は、たまたま七曜画廊の高樹と行き合ったことがあったという。その時、悠介は高樹から問われた。

「どう？　由紀さんとは変わりない？」

「ええ、変わりありません。このところ、ちょっと神経質になっているようなところはありますが」

高樹にはそんなふうに濁して答え、悠介は逆に高樹に七曜画廊での最近の由紀の様子を尋ねた。高樹はやや顔を曇らせたし、口が重たげだったが、由紀と由紀の後任である石原多恵子との間がうまくいっていないことを匂わせた。どうやら由紀は、多恵子にきつく当たっているらしい。高樹は、あまり厳しく対すると、多恵子が萎縮してしまったり鬱状態に陥ってしまったりするのではないかと、それを心配している様子だった。

「姉は……怒ると私を叩くことがあります」思い切って美久は悠介に打ち明けた。「まさか石原さんに対してもそんなことを——」

「そこまでは高樹社長も言わなかったし、僕も訊けなかった。万が一、そんなことになっていたらパワハラだね。いや、言葉でもパワハラになるけれど」

暴行傷害にまではならないとは思うが、もしも手を上げるようなことがあれば、多恵子が訴えたら、それは立派なパワハラだ。

「やっぱり外でもおかしいんだ……」

美久は言った。案の定と思うと同時に落胆していた。

「あ、悠介さん。それに車」

「ああ」

悠介は、今度は二度大きく頷いた。

西荻窪の今のマンションに引っ越してきた当初は、由紀は紀明の車を使っていた。でも、そう乗らないのに駐車場の料金もかかれば維持費もかかるからと、二年ほどで手放してしまった。免許取りたての美久が練習をした後での廃車処分だ。それからは、必要があればレンタカーを借りていたが、悠介と親しくつき合うようになってからは、悠介が二台車を持っているので、どうしてもという時には彼の車を借りて乗っていた。それがここにきて、あろうことか由紀は新車を買った。

「えっ、車？　いまさらどうして？」

車を買ったという由紀に、美久は目を見開いて問わずにはいられなかった。

当然だ。あと何ヵ月かで悠介と結婚する。これまでも必要に迫られれば悠介の車を借りていたのだから、この先も夫の悠介の車を使ったらいい。ここにきて由紀がわざわざ自分の車を買う必要はどこにもないはずだった。

「たとえ相手が悠介さんだとはいえ、他人の車を運転するというのは気を遣うし、面白くないものなのよ」

　しれっと由紀は言った。

　他人――その言葉に、美久は固まっていた。

「愛車って言葉があるでしょ？　自分の車だから愛車になるのよ。愛着が持てる」

　国産の小型車だ。高級車ではない。しかし、百万単位の買い物だ。無駄だし、その分高い買い物だと、美久は思わざるを得なかった。それがふつうの感覚ではないか。

「あれには僕も驚いたよ」悠介は言った。「ただでさえ二台持ってる。新居の恵比寿のマンションの駐車場には一台しか置けない。わかっているはずなのに」

「不要な買い物だし無用の長物ですよね」

「そうだね」

　遠からず手放すことになって無駄にしてもいいと思って、悠介は今、それに関して由紀にあまり追及するようなことを言っていないらしい。言って機嫌を損ねてはややこしい。車のことは、落ち着いてから話せばいいし、対処すればいい――。

「ただ心配なのは、今の由紀さんに車を運転させていいものかということ。僕に貸してくれと言えば、何かしらの理由をつけて貸さないね。何だか危なげな感じがするから。それを見越したように由紀さんは車を買ってしまった」

悠介の言う通りだった。本来慎重な安全運転で滑らかなハンドル捌きをするが、今の由紀は運転に適した状態にない。車の運転は自分の命のみならず、他者の命にも関わる。些細なことに苛立つ状態での運転は、ふたつの意味で危険だ。

悠介がそう懸念して車は貸せないと言っているからには、由紀は悠介に対しても、相当にヒステリック、或いはエキセントリックな様相を呈しているのに違いない。

「あの、姉は、悠介さんのこともぶったり蹴ったりするんでしょうか」

「うん」息をつくような調子で言って、悠介は頷いた。「ちょっとしたことで気分を害して怒りだすと、僕にも喰ってかかってくるし、腕を摑んだり胸を叩いたりする」

「すみません」

身を縮こまらせるようにして美久は詫びた。結婚した途端に豹変するとか、徐々に強くなり鬼嫁になっていくとか、そんな話は聞いたことがある。けれども、結婚直前の最もよい時期に豹変するなど聞いたことがない。本来、しあわせな気分に満たされていていいはずの時期だ。

「美久ちゃんが謝らないで。美久ちゃんが謝ると、僕は今のありようを正直に打ち明けられなくなる」

由紀がそういう状態になった時、悠介は由紀のからだを包み込むように抱き締めて、気を落ち着かせようと試みるらしい。ところが、そうすると由紀は余計に神経をたかぶらせて怒る。「触らないでっ！」――まなじりをつり上げた蒼ざめた顔をして由紀は叫ぶ。

「今の由紀さん、からだに触れられると、とにかく気が立つみたいだ。だから電車にも乗りたくないと言っている。それもあって車を買ったんだと言っていたけど」

言われてみるとその傾向はある。由紀を起こそうと揺さぶった時、「触るな！」と美久も蹴飛ばされた。

しかし、悠介に触られることも許さないとするなら、恋人同士はどうなるのか。悠介を前に想像することも憚(はばか)られるが、そうなったら腕を組むことも唇を重ねることもからだを合わせることもできないということになってしまう。今の悠介と由紀は、そういう乾いた状態にあるということか。

「訳がわかりません。私は、姉が悠介さんとの結婚を来年まで延ばしてきたのも、父と母の十三回忌を終えてからという気持ちもあったからではないかと思っていました。ですから、当然父と母の十三回忌は、型通りきちんとやるのだろうと。ところが、その法要も私と二人きりでやると言い張って聞かないし」

美久は言った。

「そうなんだってね。僕も十三回忌の件について尋ねた。そうしたら、『美久と二人きりでやります。関係のない人は黙っていてください』と、ぴしゃりと言われた」

「関係のない人って……悠介さんには去年もお参りしていただいたし、来年には結婚して夫婦になる人なのに。ごめんなさい。最近の姉は、何が何だか私にはさっぱりわからない。ただすっかり変わってしまったというだけで」

「しかし、美久ちゃん、人間、急にそう変わるものだろうか」

「――――」

「由紀さんの変わりようは、あまりに突然かつ唐突だ。おまけに進行してもいる。――どうなんだろう、医者に診せた方がいいんじゃないだろうか。そのことも相談したくてね、今日は美久ちゃんを呼び出したんだ」

「医者に診せる……姉を病院に連れていくということですか」

「そうだね」

聞いただけで、美久は脅えに近い気持ちを抱いた。まなじりをつり上げた由紀の顔が脳裏に浮かぶ。

「医者って、心療内科とか精神科とかに？」

窺うように美久は言った。

「まずはそうなるだろうね」

「まずは――」

「そこで原因なり治療法なりがわからなかったら、次に連れていくべきは脳神経外科とか、脳に関わる医者ということになると思うけれど」

「――」

　思わず美久は沈黙した。

　由紀の様子を見ていて、また、家族として同じ屋根の下で直に接していて、美久もまるで病気だと内心思ったりしていた。しかし、それはいわば言葉の綾みたいなもので、本物の病気を疑っていた訳ではない。けれども、冷静に事態を見つめるならば、もはやそういう段階にはいっているのだと、いまさらながら思い知らされた。

「いやな想像だし想定だ。でも、病気だと考えると、一番わかりやすいというか納得がいくというか、僕はそんな気がして。逆に、でないと今の由紀さんのありようが理解できない」

「……そうですね」

　視線を落とし、小さく頷いて美久は言った。言った声が自然と陰気に曇っていた。

「医者に連れていくこと、僕に任せてくれる？　それとも美久ちゃんが連れていく方がいい？　二人で連れていくという選択もあるけど。美久ちゃんは、どうするのがいいと思う？　それが訊きたくて」

美久は由紀の実の妹だしたった一人の肉親だ。同性でもあるし、美久が連れていくのが本当だし一番いいかたちだとは思う。だが、今の由紀がそれにおとなしく従ってくれるだろうか。医者に行くことを、自分は由紀に納得させることができるだろうか、由紀を説得することができるだろうか——正直、美久にはわからなかったし自信もなかった。それ以前に、由紀に対してそんなことを口にしただけで逆鱗に触れ、またもや嵐になりそうな予感がする。予感——確信に近い予感だ。自分はそれに耐えられるのか、そこを乗り越えて病院に連れていけるのか、それも美久にはよくわからなかった。それでまた沈黙する。

「ごめん。誰が連れていくべきかより、病気という可能性なり前提なりを、美久ちゃんが受け入れられるか受け入れられないかの問題があるし、そこを先に尋ねるべきだったね。順番が違った」

困りきったような美久の顔を見たからだろう。美久に謝り、やさしく柔らかい口調で悠介が言った。

「病気という可能性はあると思います」それに対して美久は言った。「でなかったら、たしかに姉の極端な変わりようの説明がつかないと思います」

言ってから、改めて悠介の顔を見た。美久は依然として、困り果てたような縋るような情けない顔をしていたと思う。悠介はすでに身内同然とはいえ、まだ式を挙げて籍を入れた訳ではない。他人は他人だ。したがって、こういう時こそ、肉親である自分がしっかりしなければと思う。それでいて、自信のなさに軸足がぐらつく。自分でもだらしないと思うがどうしようもない。

同時に、これまで美久は、自分がずっと由紀に頼ってきたことを、改めて認識する思いだった。肝心なことを決めるのは由紀。美久はただそれに従うだけ。そこから今、一歩踏み出さねばならないところにきている。それは美久の望んだことではなかったが。

「今すぐ決めなくてもいいことだ。だからあまり深刻にならないで」宥めるように悠介は言った。「これは僕たち共通の問題だ。これから最もいいと思われる方法を、一緒に考えよう」

しっかりしなければと思うし二十八歳にもなって情けないと思う。しかし、美久は、悠介に判断を任せ、すべてを預けたいような思いだったし、悠介に縋りつきたいような思いでいた。

3

「美久、ちょっと痩せた？」

ランチの時だ。真実に言われた。

「それにこの頃、何か元気がないね」

「そうかな」

「ふふ、マリッジブルーだったりして」

「え？」

「お姉さんがマリッジブルーになるんじゃなくて、大事なお姉さんの結婚が近づいてきて、美久がマリッジブルーになっちゃったってこと」

「まさか」

思わず美久はげんなり顔を曇らせた。

由紀の異変と変貌ぶりについては、真実にも何も話していない。おかしな言い方になるが、身内の恥を話す訳にはいかないというのと似た気持ちがあったし、これまでがこれまでだっただけに、話したところで実状をリアルに理解してもらうのは難しいだろう。仮に相談に乗ってもらったとしても、解決策が導き出されるはずもない。だったら話す意味がない。

「じゃあ、彼氏と破局したとか」

「ブー。それもはずれ」

美久はとぼけた。認めれば、経緯を話さざるを得なくなる。ややこしい。

「単に最近覇気がない。何かやる気がでない。それだけよ」

「ふうん、そうか」

いったんは納得しかけた真実が、「あれ？」と、美久の顔を見て、少し目を見開いて言った。

「ここ、どうしたの？」言いながら、真実は自分の顔の頬骨(ほおぼね)辺りを指で触って指し示した。

「痣(あざ)？」

「ああ、うん。転んだ」

またとぼけて美久は言った。

「それでか。道理で昨日からメイクの感じがいつもと違うと思った」

コンシーラーを塗っている分、ファンデーションが濃いめになる。男性の目は誤魔化せても、やはり身近な女性の目を誤魔化すのは難しい。

「転んだってどこで？　酔っ払ってでもいたの？」

続けて真実が問うた。

「違うよ。酔っ払ってたんじゃない。家で片づけものしてて転んでチェストに顔ぶつけたのよ」

「あれまあ、顔をぶつけて痣作るとは。でもまあ、目じゃなくてよかったね。それにメイクしてればさほど目立たないし」

「うん」

事情を知らない真実はそれで納得したが、実際はそういうことではなかった。美久は家で転んでいない。外でも転んでいない。その痣にも由紀が関係していた。

一昨日（おととい）の晩だ。その日は、家で一緒に夕飯をとる予定になっていた。急に由紀が家でご飯を食べるからと言いだしたのだ。それで料理をして待っていたのだが、なかなか由紀が帰ってこない。そろそろメールしてみようかなと思った時、由紀から電話があった。

「美久ちゃん、迎えにきて」

「え？　迎えにきてってどこに？」

思いがけない言葉に、ややぽかんとして美久は言った。

「駅。西荻の駅よ。私、傘を持ってないの。だから、傘を持って迎えにきて」

「え？　傘がない？」

「いいから早く迎えにきて」

それで電話は切れた。

迎えにいく支度をしつつも、美久は小首を傾げて顔を曇らせざるを得なかった。

たしかに、外は雨だ。土砂降りとまではいかないが、ザーザーという本格的な雨降りだ。ただし、急に降りだした訳ではない。雨は昼過ぎから降りだした。朝の予報もそうだった。朝、傘を持って出なかったにしても、置き傘はしてあるはずだし、画廊を出る時にはすでに雨は降りだしていたはずだ。なのに、傘を持っていないというのはどういうことだろうか。由紀はどうやって銀座の駅まで行ったのだろうか。

わからなかったし奇妙な気がしたが、迎えにきてと言っているのだから、行かねばならない。美久は傘を持って急いで駅に向かった。

行ってみて驚いた。由紀は駅構内ではなく、駅の建物の外で待っていた。したがって、すでに雨でずぶ濡れになっている。これでは傘なしで歩いて帰っても同じことだ。いまさら傘を差す意味がない。

「お姉ちゃん、どうしたの？」

美久は言った。

「あんたがのろまだからよ」由紀はそれに対して答えて言った。「愚図でのろまだから濡れちゃったのよ」

「駅のなかで待っていればよかったのに」

「だから、待ち切れなかったのよっ！」

そう言い放つと、由紀は傘も差さずにすたすたと雨のなかを歩きだした。

「ああ、お姉ちゃん、傘――」

もはや手遅れだと思いつつも、美久は由紀に傘を差し出した。由紀はそれを受け取りはしたが差さなかった。傘を手にして立ち止まると、きっと美久を睨みつけた。

目に火が点いたようになった瞳がぎらついているのが街灯の灯りの下でもわかった。尖った怖い顔をしている。髪も顔も濡れている分、その顔には何か鬼気迫るような凄みがあった。

「愚図っ！　のろまっ！　あんたのせいでずぶ濡れよっ！」

そう叫ぶと、由紀は手にした傘を振り上げ、美久目がけて打ち下ろした。差している傘に由紀の閉じた傘が当たる。美久に命中しないと、今度はそれに腹を立てて美久の手から傘をもぎ取り、それを道端に放り捨てた。

「お姉ちゃん、何するの」

啞然となりながらも美久は言った。

「馬鹿っ！」

傘を取られたから、防御するものがない。振り下ろされた傘が頭に当たる。

「痛いっ。やめてよ！」

「あんたのせいよ！　あんたのせいでずぶ濡れになった！」

由紀は言い、なおも美久を傘で叩いた。手で顔と頭を庇ったが、一発が顔面に当たり、瞬間目から火花が散った。雨に打たれながら思わず顔を覆う。由紀はといえば、一発思い通りに命中させたことで気が済んだといった様子で、もう美久を打ちつけることをせず、傘を手にしたまま歩きだした。

　顔を片手で押さえながら傘を拾う。涙がでた。

「大丈夫ですか」

　その模様を見ていた、通りがかりの人から声をかけられる。

「あ、大丈夫です」

　反射的に背筋を伸ばして言うと、軽く頭を下げ、慌てて由紀の後を追い始めた。その時には、ずぶ濡れではないものの、美久も雨に濡れてしまっていた。

（酷い。やっていることも言っていることも滅茶苦茶だ）

　すたすたと足早に歩いていく由紀につき従い、その背中を目にしながらも、美久はもう由紀に何も声をかけなかった。下手に声をかけてまた傘で打たれては敵わない。加えて言うなら、混乱しつつも、由紀に腹を立ててもいた。どうして私が濡れなければならないのか。どうして私が傘で叩かれなければいけないのか――。

　家に着くと、由紀はさっさと浴室に行き、濡れた服を脱ぎ捨てて、自分はシャワーを浴び始めた。美久はタオルで髪を拭ったりしてから着替え、仕方なしに料理の仕上げをしてテーブルの上に並べ始めた。本当のところ、こんなことがあった後、由紀と差し向かいで夕飯など食べたくなかった。でも、美久が日常を放棄してしまったら、ことは余計にこじれかねないし、歯車だって狂いかねない。そう自分に言い聞かせてのことだった。

しかし、パジャマ姿でダイニングに現れた由紀は、テーブルの上の料理を一瞥したただけで、席に着こうとはしなかった。そのまま自分の部屋にはいっていこうとする。

「お姉ちゃん、ご飯食べないの？」

また仕方なしに美久は言った。

由紀は何も答えなかった。その代わりに、黙ったまま自分の皿や小鉢を手にすると、それをキッチンに持っていって三角コーナーに捨てた。冷たい顔をしていた。そして由紀は呆っ気に取られている美久に目をくれることもなく、自分の部屋にはいってしまった。

美久は泣いた。由紀の変化によって、これまで瞳に滲ませた涙は悲しみがもたらしたものだった。だが、その時の涙には、悲しみもあったが悔しさ、腹立たしさも含まれていた。目の前の鮭のムニエル、つけ合わせのブロッコリー、ささみの和物……そんな料理がどこか非現実的で空々しく瞳に映った。食欲など湧くはずもない。由紀は、美久が作った料理を食べないだけではなく三角コーナーに捨てた。あんまりな仕打ちだと思う。また泣けてくる。一方で、由紀と差し向かいで夕食をとらずに済むことに安堵してもいた。シャワーを浴びてさっぱりしてから食事に臨めることにほっとしてもいた。そんな自分を、案外現実的で冷たいと思ったりもする。

涙を拭おうと顔を手で触った時、左の頰骨の辺りに痛みを覚えた。改めて由紀に傘で打たれたことを思い出し、美久は洗面所に行った。鏡で見ると、頰に縦に三、四センチほど、赤い跡がついていた。腫れてはいないが、撫でると後で痣になりそうな痛みを発していた。

鏡に映っているのは自分の顔だ。だが、瞳に火が点いたような由紀の鬼の形相が、美久の脳裏に甦って、美久は由紀の顔をそこに見ていた。

(病気だ)

美久は心で小さく叫ぶように呟いた。

(やっぱり病気だ)

「花居」で会った時、悠介は、由紀が病気であることを疑ってみる必要があるのではないか、医者に診せることを考えなくてはならないのではないかと美久に問うた。だとするならば、医者には美久が連れていくか、悠介が連れていくか、はたまた二人で連れていくかの選択も提示した。が、美久はその判断と選択を留保した。美久の優柔不断さから、その場で答えをだすことができなかったのだ。

「今すぐに決めなくてもいい」

悠介のその言葉に美久は甘えたし逃げたのかもしれない。

「少し考える時間をください」美久は悠介に言った。「たしかに姉は病気かもしれません。

そう考えるのが、一番わかりやすいと思います。ただ私は、やはり旅行のことも気になっていて。姉が変わったのはあの一人旅以降のことですから」

言い訳がましいと思ったが、そこにも逃げた。旅行のことが引っかかっているのは事実だが、この段階でそれを問題にしても解決にはつながらない。わかっていながら言っていた。

「わかった」

それは悠介にも察しがついていたかもしれない。けれども、美久の言葉に悠介は頷いて言った。

「少し考えてみて。で、連絡ちょうだい。もちろん、僕からも折々連絡するし。このまま放っておいていいとは思えないから」

実際、放っておいてよい状態でも状況でもなかった。傘を持って迎えにこいと言っておきながら、駅の外でずぶ濡れになり、それが美久のせいだと、痣ができるほどに傘で美久を打ちつけた。理屈が通らない。由紀は崩壊しつつある。事態はもはやそこまできている。病気という以外、進行と悪化、それに崩壊を食い止め、改善に向かわせる手段はないと思った。

(悠介さんに連絡しよう)

決心するように美久は思った。

(お姉ちゃんを病院に連れていこう)

それでいて、肝心の選択がまだできずにいた。誰が由紀を説得し、誰が由紀を病院に連れていって医者に診せるのか——。

わかっていた。それをすべきは自分だ。だが、悠介に頼りたい、助けてほしいと思う気持ちが消えない。その判断すら、美久は悠介に預けたい思いだった。

自分が由紀を嫌うなど信じ難いことだが、美久は今の由紀は嫌いだ。しかし、それ以上に、優柔不断で情けなく、自信もなければ力もない、自分自身が嫌いだった。

4

おかしいと思ったのよね。急に三人で食事をしようなんて言いだすから。それに私が「それなら『ポワソン』にしましょう」と言ったら、悠介さん、困ったような妙な顔して「今回は『カーラ・ロッサ』にしよう」と言ったし。あの時から何か変だと思っていたのよ。今日も久しぶりの三人での食事だっていうのに、最初から二人とも真面目(まじめ)な顔してたし。何かあると思ったけど、病気や病院の話だとはね。参ったわ。

あなたたち、私に隠れて連絡取り合っていたのね。美久ちゃんは気が小さくて隠し事ができない性分だと思っていたけど、今回は顔にもおくびにもださなかった。案外やるもんだ。

いい意味で感心した。褒めてあげる。皮肉じゃないのよ。今の世のなか、それぐらいじゃなきゃうまく生きていけない。

それにしても病気とはね。告げ口に悪口……二人でずいぶん話をしたんでしょうから、もう二人とも何もかもご存じという訳だ。それで医者だ病院だと言いだした――そういうことね。

でもね、最初に言っておくけど、私、病気なんかじゃないわよ。悠介さんも美久ちゃんも、私が自分で自分をコントロールできなくなっていると思っているみたいだけど、そんなことはない。私は意図的にいったん自分を解放してあげただけ。これまで自分に強いてよい人を演じてきたのを、一時放棄しただけのことだわ。え？　なら、意思で元に戻せるのかって？　元って何？　元の私ってどういう私？　今は、そんなことうじうじ考えたくない。いいじゃないの、しばらく解放感に浸って楽しんでいたって。今、私は自由だし楽しいんだから。それじゃいけない？

私はね、不慮の事故で、お父さんとお母さんが揃って逝ってしまってからはことに、自分は美久ちゃんにとってはやさしいしっかり者の姉じゃなくちゃいけないし、生活を支え保っていくためにも、外側の人たちにも好かれるよい人じゃなくちゃならないと思ってやってきた。わがまま言ったり好き勝手やったり……そういう時期と時間が持てないまま三十過ぎまできちゃったのよ。でも、もう結婚が決まったし、七曜画廊も辞める。美久ちゃんも立派な大人になった。私はもう誰に対してもいい顔をする必要がなくなった訳よ。少なくとも結婚するまでは、完全に自由の身だわ。だからこの機に自分を解放してあげたの。それのいったいどこがいけないの？　悠介さんは私の夫になる人。私は未来の妻よ。そんな私を受け止めてくれてもいいじゃない？　違う？

だいたい私は、間違ったことを言ったりしたりしていないわ。美久ちゃんは、瀬戸さんと破局させたことを恨みに思っているのかもしれないけど、私が何を言おうが別れたくないと思えば、瀬戸さんは美久ちゃんと結婚すると言えばよかったし、美久ちゃんは瀬戸さんにとり縋ってでも関係を続けることを望めばよかったのよ。だけど、二人ともそれをしなかった。ということは、本当には愛し合っていなかったし、未来の展望もなかったということだわ。つまりはただの惰性。そんな関係、不毛だわ。

・時間が経つのって早いわ。ぼうっとしていたら二年三年すぐに経って、あっという間に美久ちゃんは三十過ぎてしまう。それから別れるっていうんじゃ、女として一番いい時を無駄に費やしただけのことになってしまうじゃないの。瀬戸さんは悪い人じゃないかもしれない。でも、私に言わせれば優柔不断で軟弱な男よ。そういう人は、会社や社会でも同じ。出世しないしうだつも上がらない。ひょっとすると理髪店を継ぐかもしれないっていうのも引っかかった。そろそろ三十になろうっていうのに、自分の将来を定められずにいる男なんて……。悪い人ではなくても、そういう人が美久ちゃんにとってよい人だとは思えなかった。私はあなたがた二人にできない決断を、美久ちゃんのために二、三年前倒しにしただけよ。

悠介さん、美久ちゃんが場合によっては理髪店の奥さんになるかもしれないっていうの、どう思う？　それが美久ちゃんのしあわせだと思う？　悠介さんなら、美久ちゃんにもっと相応しい人、美久ちゃんをしあわせにしてくれる人、見つけてくれるでしょ？　何よ、そんな困ったような顔しないでよ。

私はね、必死でよい人を演じてきた分、人から嫌われなかったかもしれないけど、おとなしいからと舐められることはあった。私にだってプライドがある。本当は、舐められることなんか我慢ならなかった。その気持ちも解き放ってあげることにしたのよ。悠介さんは気づかなかったかもしれないけど、「ポワソン」のウエイターは、私は何も言わないし言えないと舐めていたのよ。「ポワソン」は好きな店だわ。雰囲気もいいし、料理も美味しい。でも、あのウエイターは駄目。どうしてって人を見るから。だから私はあの時びしっと言ったの。今日「ポワソン」に行こうと言ったのも、言うことは言う私、上客である悠介さんに対してでも我慢しない私に、彼がどう態度を変えるか見たかったから。
悠介さんや華子さんは、もともといいお家柄でお金持ちだから、他人から舐められるってことやその不快さがもうひとつわからないのよ。そういう経験がないから気づかないとでも言ったらいいか。だからこそ、あの時私の味方ではなくウエイターの味方をした。でも、考えてみてよ。そんなのおかしい。完全に理解できなくても、妻になる人間、家族になる人間が主張してるし怒っているんだもの、そちらを優先して味方になるのが当たり前じゃない？それをしてくれなかったから、私は帰ったの。百歩譲って私が間違っているとしてもよ、身内になる人間の味方をしたり庇ったりしてくれなくてどうするの？一事が万事よ。私は正しいことを言っているししている。悠介さんや美久ちゃんは、ストレートに自分を主張するようになった私にただ慣れていないだけ。だから病気だなんて馬鹿げたことを言う。

え？　暴力？　言葉の暴力もだけど実際に暴力までふるうことはない？

いやね、暴力なんて大袈裟な。怒りを素直に発現したかたちがそういうような恰好になっただけで、暴力をふるおうとしてふるった訳じゃない。それに人間、誰しも内に暴力的なもの、凶暴なものを秘めているものだと思うけど。ねえ、私だって怒るのよ。怒れば怒りが暴言や暴力になることだってある。それが人間というものじゃない？

どうあれ暴力はいけない？――きれいごとだな。本当のところ、この世界は暴力に満ち溢れているじゃないの。私はね、そういうきれいごとにも疲れたの。私は自分を解放したんだもの。一度はそういう自分のなかのフラストレーションを吐き出さないことには気が済まなかったのよ。穏やかに話してもわからない人間には「馬鹿」と言う。それでもわからなければ、時には手を上げる。それが絶対にいけないことだとか間違いだとか、私は思わないな。私は結婚前に自分を解放した。ねえ、それって正直だしフェアだとは思わない？　結婚してから曝け出すんじゃ詐欺だものね。あはは。

わかってほしいな。悠介さんを愛しているし信じているからできたことよ。さっきも言ったけど、悠介さんはどんな私も嫌いにならない。どんな私も受け入れてくれる。そういう信頼感があって初めてできることだもの。美久ちゃんに関しては言うまでもない。美久ちゃんが私を嫌いになれる訳がない。そうでしょ？

え？　七曜画廊の石原さん？　そんなことまで知っているの？　あーあ、まだ説明しなくちゃいけないのかな。石原さんに厳しく接しているのは、ほかでもない高樹社長を思ってのことよ。当たり前じゃない。石原さんに足りないところや至らないところがあっても、社長はきっとびしっとは言わない。そういう寛容な心の持ち主だから。だからこそ、石原さんに足りないところや至らないところがあっては困るのよ。私は駄目を潰すみたいに、今のうちにそれを潰しているの。そうすれば、私が辞めた後も、社長が不自由することはないでしょ？　石原さんが憎かったり嫌いだったりする訳じゃない。みんな社長のためよ。

ねえ、もうこんな話はやめにしない？　せっかく久しぶりに三人で食事にきているんだから。こんな話をしながらの食事じゃ、何を食べても美味しくないわ。私もだんだんイライラしてきた。

え？　六月の旅行？　それが何だっていうの？　たしかに一人で十日ちょっと国内を旅行してまわったわよ。でも、事前に言ったじゃないの。今回の旅行については何も話さないし、旅行中は連絡もしないからって。結婚前に無計画な一人旅がしたかっただけで、べつに旅行中に何かあった訳じゃない。一人で来し方を振り返るみたいな、そんな旅行がしたかったし、そんな旅行をしただけのこと。どこへ行ったか、どんな旅だったか、いまさら話す気もない。それが初めからの約束だったじゃない？　約束を違えないでよ。

え？　病気じゃないなら、病院に行こう？　笑っちゃう。あなたたち、二人揃っておかしなことを言うのね。そんな変な理屈なんかない。病院は病人が行くところでしょうに。私には、悠介さんと美久ちゃんの方がどうかしているとしか思えないけど。

わかったわ。あなたたち、どうしても私を病気にしたいのね。なら、いいわ、病院に行っても。ただし、もう一遍言っておくわ。最初に言ったみたいに、私は病気なんかじゃない。なのに病院に連れていったとしたら、そのことを私は生涯忘れないから。それは覚悟しておいてちょうだい。

何よ、二人とも脅えたような深刻そうな顔しちゃって。病気だから病院に行こうと言いだしたのは、自分たちの方じゃないの。

で、何科に連れていこうっていうの？　精神科？――そこでわからなかったら脳神経外科で脳ドック？――

驚いた。私ってずいぶん重症だし、重病かもしれないんだ。へえ、びっくり。

さっきあなたたち、私のことを、暴言だの暴力だのと言って責めたけど、自分たちだってずいぶんなことを言ってるってわかってる？　私に言わせれば、立派な暴言だしたいそうな妄言だわ。だって二人して、私のことを狂人扱いしてる訳だから。いやんなっちゃう。あなたたちは二人とも、何としても私のことを、狂人か重病人にしたいようね。

怒ってなんかいないわよ。怒りを通り越して呆れているだけ。結構よ。一度は病院に行ってもいいって言ったからには、精神科であろうが脳神経外科であろうが病院には行ってあげる。だけど、もしも何でもなかったらどうしてくれるの？　やっぱり生涯忘れることはできないわね。実の妹と夫になる人が、私を狂人か重病人扱いしたことは。後で謝ったところで忘れないし許さないからね。

私の意思は尊重してちょうだい。病院には美久ちゃんと行く。ただし、脳神経外科の診察はもちろんだけど、精神科の診察も私一人で受ける。診察室のなかまでのつき添いは不要よ。

いいわよ、診察結果はどうぞご自由に医師にお聞きください。一緒に聞いても美久ちゃん一人で聞いても、どっちだって私は構わない。病気ではないという結果は、私には診察を受ける前からわかっているんだから。

あとはどこの医者なり病院なりに行くかよね。それも好きに決めてもらって結構よ。精神科の医師に、事前に相談してもらっても構わない。こっちは恐れることなんか、何ひとつもないんだから。

何だかだんだん楽しみになってきたわ。ふふふ、お医者さんの結果を聞いて、あなたたち二人、どういう顔で私に謝るつもりかしら。

あーあ、それにしても、せっかくの料理が台無し。カルパッチョは乾いちゃっているし、ラザニアは冷めちゃってる。こんなもの、もう食べる気にもなりゃしない。もはやゴミね、ただのゴミ。

あとはお二人でゆっくりどうぞ。仲がよろしいご様子だから。私は先に帰るわ。と言っても、真っ直ぐ家には帰らないわよ。一人で消える。そういうこと。遊ぶ相手はいくらだっているんだから。

何を慌ててるのよ。帰るって言ったら帰る！　腕を摑まないで！　私に触らないで！　嫌い！　あなたたちなんか大嫌いっ！

第五章

1

十月十一日の日曜日、ある意味懸案だった、紀明と留美の十三回忌の法要を済ませた。由紀と美久、二人きりの十三回忌。

十月——まだコートは要らない。木々の緑も濃いし、晴れれば夏かと思う日もある。半袖でも過ごせるぐらいだ。それでいて、空気に幾許(いくばく)かの秋の気配が感じられもする。十月は、過ごしやすくてよい季節だ。だが、美久は、やはりこの時期が得意ではなかった。

敦子や宏治、親戚の何人かからは、九月の末頃、美久のところにも電話があった。しかし、美久は伯父や叔母に、法事のことは由紀に任せてあるから由紀に訊いてくれとしか言えなかった。そうとしか言いようがなかったのだ。由紀に下駄を預けたような言いようになって、少々胸が痛まないでもなかったが、美久には参列したいと言ってくれている父や母の兄弟姉妹を撥ねつける理由が見つけられなかった。また、その本当の理由を口にすることもできなかった。言ってしまえば由紀の勝手、由紀のごり押し。

「残念っていうか、何だか悔いが残るわ」些か憤慨気味に敦子は言った。「由紀ちゃん、十三回忌の法要は姉妹二人きりでやるから来ないでくれって、とりつくシマもないんだもの。来ないでくれって言い方もちょっと……。いったいどうなっちゃってるの？」

敦子の憤慨にも、美久ははっきりとした答えを返すことができなかった。

「ごめんなさい。いったんお姉ちゃんに任せちゃったことだから、いまさら私は何も言えないのよ」

「一緒に暮らしている姉妹なのに。変なの」

不服そうに敦子は言った。

訳がわからないという敦子の気持ちは美久にもわかる。が、誰よりも訳がわからずにいるのは、たぶん美久自身かもしれなかった。

病院には行った。

精神科は、ネットの口コミで評判のよい、心療内科に精神科を併設しているところを見つけ、由紀をその杉並江原(えはら)クリニックという医院に連れていった。事前に、美久は一人でクリニックを訪れ、姉である由紀の突然の変化と現状を江原医師にざっと語って相談した。それから改めて由紀を連れていき、医師の診察という運びとなった。悠介と美久に約束した通り、由紀はそれを拒まなかったし、とりたてて機嫌を悪くすることもなかった。言ってみれば素直かつ粛々と約束を果たしたといったところか。

江原医師の診断は、診察時に由紀本人も聞いたが、その後美久も江原に会って聞かせてもらった。

結果はシロ――。

「結論から先に申し上げますと、お姉さんは正常ですよ」

江原の言葉に、美久は沈黙せざるを得なかった。

由紀の病気を期待していた訳ではない。しかし、精神科で何らかの精神疾患が認められ、薬物治療で由紀の異常とも言える諸症状が改善、解消されるのであれば、それに越したことはないという思いは内心あった。脳に問題が見つかるよりも、その方が断然いい。

「妹さんであるあなたのお話を伺った時は、まず躁病（そうびょう）、もしくは、一般に躁鬱病（そううつびょう）と言われる双極性障害を疑いました。さもなくば、ＤＶ加害者特有の精神状態と兆候という可能性も考えましたが」江原は言った。「でも、お姉さんはいたってまともですよ。その証拠に、ご自分の状態を、ご自身で冷静に認識しておられます。病気、或いは病的状態に陥っている患者さんは、きちんと自己認識ができなくなっているのが通例ですから。しかし、お姉さんはその自己認識がしっかりとできていらっしゃる」

由紀は江原に、自分はよい人であることをやめただけだと語ったという。結婚も決まった。

長年勤めてきた会社も辞めることになった。それを契機にいったんよい人をやめ、自分を解放することにした――悠介や美久に語ったのと同じ内容だ。由紀はそれを落ち着いた様子と口調で江原に語ったようだ。

「でも、暴力は――」

美久は江原に言った。

「それに関してもちゃんと自覚をお持ちでしたよ。自分を解放し、喜怒哀楽も制約なしに発露した結果、怒りの発露の勢いとして、暴力的になってしまった側面はあるかもしれない。でも、勢いだっただけのことなので、今後は自分の意思でそれを封じることは充分できるとおっしゃっていました」

「その言葉をそのまま信じていいものなんでしょうか」

「暴力をふるったことを否定されるとなるとやや問題ですが、率直に認めておられる点が評価できます」

「では、姉には躁病の疑いもなければDV加害者特有の精神状態にある兆候も認められないということですか」

「そうですね。私もこれまで何人かのDV加害者を診てきましたが、彼らには共通する特徴のようなものがあります。たとえば暴力をふるったことを否定する、逆に過剰に反省してみせる。或いは暴力をふるったことについてあれこれと言い訳をするなどといった特徴です。お姉さんにはそうした特徴が見受けられません。それにあなたのお話でも、殴る蹴るといった暴力行為が、怒りとともにどんどんエスカレートするほどのご様子ではありませんでしたし、暴力をふるった後、泣いて詫びたり二度と暴力はふるわないと誓ったその舌の根が乾かないうちにまた暴力をふるったりということではありませんでしたよね？　暴力をふるってしまったことの埋め合わせをしようとするように、異様にやさしくなったり物をプレゼントしてくれたりすることもないというお話でしたし、そうしたことからしても、お姉さんが心的にＤＶ加害者の状態にあるとは申し上げられません」

ＤＶ加害者――その江原の言葉に、逆に美久は、由紀はＤＶ加害者だし自分はＤＶ被害者と言えるのだと認識する思いだったが、それが医師によってきっぱりと否定された。皮肉な話だと内心思った。

由紀が江原の前ではかつての穏やかな由紀を装い、事実は事実として認める姿勢をとったうえで、ごく冷静かつ聡明な対応をしたことは想像に難くなかった。聡明――賢い対応であり、もっと言ってしまうならばずる賢い対応だ。由紀ならそれができる。けれども、それを江原に言っても始まらない。

「多少感情が昂る時があることは、ご自身でも認めておられました。ですから、私が精神科の医師としてできるのは、弱めの精神安定剤を頓服的に服用するよう処方することだけです。ほかの薬の処方は不要ですから。ああ、もちろん、今後お姉さんご本人が、受診なりカウンセリングなりをご希望されるということであれば、それはいつでもご本人にお越しいただければと思います。ただ、こちらから治療が必要だから先の予約を入れろということは申しません。何せお姉さんはご病気ではない訳ですから」

「わかりました。どうもありがとうございました」

美久は江原にそう言って頭を下げ、おとなしく引き下がるよりほかになかった。

「ほら、私の言った通りだったでしょ？　私は病気なんかじゃない」

由紀は由紀で勝ち誇ったように言った。そしてひと言、皮肉をつけ加えることも忘れなかった。

「あなたたちは私を狂人扱いしてくれたけどね」

診察の結果は、電話でだが、悠介にも伝えた。

「そうか。精神科の診察というのは難しいね。問診というかたちでしかなく、ほかの検査と違って数値にでないから」悠介は言った。「由紀さんは頭のいい人だ。医師が何を問いかけ、診察の判断材料にしようとしているか、それが読めてしまうだろうし」

言ってから、急いで訂正するようにつけ加えた。

「ああ、頭がいいというのは、悪い意味で言った訳じゃないよ」

「わかっています」

美久は言ったが、美久本人が、内心ずる賢いという思いを抱いていただけに、悠介の内なる思いはよくわかる気がした。由紀には医師をたばかり目を誤魔化すだけの頭と術（すべ）がある――。

「となると、次は脳ドックだね」悠介は言った。「どう、大丈夫？　由紀さんはそれにも素直に応じてくれそう？」

「それは大丈夫です。自分は病気なんかじゃないからと、姉は自信満々ですから。だからまた私が病院を探して連れていってみることにします」

そして美久は、実際に由紀を脳ドックをやっている荻窪の脳神経外科に連れていった。ここでは事前に医師と話はしなかった。頭痛がするので一応脳の健康診断をということで、脳波と脳のＭＲＩ検査を申し込んで撮ってもらうことにした。受診の理由が頭痛ということだったので、念のため、首のエコー検査も同時に行なうことになった。

ここでの結果もまたシロ――。

結果は由紀と一緒に聞いたが、医師の診断は検査結果を画像として持っているだけに明解だった。

「三十二歳とまだお若いので、当然と言えば当然ですが、脳に萎縮や空洞はまったく見当たりません。ごく健康な三十二歳の脳と言えますね」パソコン画面の画像を指し示しながら医師は言った。「また、細かな部分も詳しく見ましたが、ごく小さな血腫や腫瘍もなく、その点でも健康な脳と言うことができます。それに末端の細い血管までしっかり映っているのがご覧いただけるでしょう？　ですから、脳の血管、血流にも問題はありません。動脈瘤（どうみゃくりゅう）と呼ばれるような瘤（こぶ）も見当たりませんでしたし。頭痛があっての受診ということでしたので、一応首のエコーも撮りましたが、首の骨や血管にも異常はなく、血管の太さも正常ですし、首の血管にも動脈瘤は見当たりませんでした。ああ、脳波も正常でしたよ」

　医師の言葉に、由紀は静かに頷いていたが、美久には「どうだ」と言っている由紀の心の声が聞こえるようだった。

「もうおわかりと思いますが、脳も首も問題なく正常です。ですから頭痛の原因は、脳や首の器質的な問題ではないということになりますね。ストレス、肩凝り、ブルーライトによる眼精疲労……頭痛の理由はいろいろありますが、脳や首といった神経の大動脈と言える部分に問題が見つからなかったことはよいことです。血圧も正常値でしたしね。頭痛はどの程度ですか。市販の鎮痛剤などをお服（の）みですか」

「いいえ」

医師の問いかけに由紀は静かに答えて首を横に振った。

「それで我慢できる程度の頭痛ですか」

「はい」

「朝、昼、晩、いつが特に痛むというようなことがおありですか」

「いいえ。日によってちょっと頭痛がするだけです」

「ご希望があれば、頭痛に効く鎮痛剤を処方することも可能ですが」

「必要ありません」由紀は言った。「ちょっと神経質になっていただけで、薬なしに我慢できるしやり過ごせる程度の頭痛ですから大丈夫です」

…………

架空の頭痛に関するそんなやりとりが少し交わされて、医師の診察結果の説明は終わった。

「どう？　これでわかったでしょ？　私は精神にも脳にも異常はないって」

帰り道、やや足早に歩きながら由紀は言った。顔に薄い笑みを浮かべ、いくらか顎を上向きにしていた。

「残念ね。脳に腫瘍でもあれば納得いったんでしょうけど、お望み通り私を病人にできなくて。どうもお気の毒さま」

また皮肉だ。

「お望み通りなんて」美久はいくらか顔をひしゃげさせて言わざるを得なかった。「脳に腫瘍があったりしたら大変。私だって何でもなくてほっとしているわ」

事実、由紀の脳に異常が見つかることを望んでいた訳ではない。美久はただ……謎の答えがほしかっただけだ。そのために労力を払った。しかし、それは無駄な労力だったようだ。依然として謎の答えは少しも掴めず、逆に遠退いていったようなものだ。

由紀が不意に足を止めた。そして、かたわらの美久の顔をじっと見つめた。真面目な顔、きつい目つきをしていた。瞳に独特の輝きがある。輝きなのだが、厭な輝き。

「悠介さんにはあなたから報告しておいて」由紀は言った。「で、あなたから言っておいてちょうだい。私は約束を果たした。だから、あなたたち二人にも、あの時私が言ったことを忘れないでもらいたいって」

「…………」

「狂人扱い、病人扱いされた屈辱を、私は生涯忘れない。許さないということよ」

きつい目つきをしたまま言うと、由紀は再びすたすたと足早に歩き始めた。美久を置き去りにしようとしているような勢いだった。黙って由紀につき従う。

これでこの人は正常なのだろうか。まともなのだろうか——美久はどこか取り残されたような思いで、由紀の背中を眺めていた。

2

「花居」で悠介と会った。だんだん「花居」は悠介との密談の場になりつつある。もっとも、今夜会うことは由紀も承知だから、密会とも密談とも言えないかもしれないが。

突き出しは蕪と柿の和物だった。もう柿の時期なのだと酒肴に季節を感じる。十月も明日で終わる。同時に、すでにはや五ヵ月近くも、悠介と美久は、由紀の変貌と奇行というべき言動に振りまわされていることも感じざるを得なかった。美久は今年は夏という季節を、何だか楽しみ損なってしまった。

由紀が変わってしまう前、物件も家具もさんざん見てまわったし、新居の内装はもちろん、入れる家具もだいたい決めてあったらしい。しかし、ここにきて由紀は、内装ばかりか家具にも何だかんだと文句をつけだして、このままだと家具も前とはまったく違うものになってしまいそうだと悠介は言う。

「前は北欧系のシックな家具でまとめるつもりでいたんだけど、ここにきて由紀さんが、イタリアのスタイリッシュなデザイナーズブランドのものがいいと言いだして」

悠介は言った。少し困ったような顔をしていた。

「まあ由紀さんの好きにしてもらえばそれでいいと言えばいいんだけど、由紀さんの意向にそのまま従っていると、何だか家がショールームみたいになって落ち着かなくなりそうで……。だから僕は、もとの方がいいんじゃないかと言っているんだけど、由紀さん、なかなか頑強でね。果たして僕の意見を聞き入れてくれるかどうか」

由紀は、夏はもっぱらダコタ・ラ・ベールの服を着ていたが、秋になってダコタ・ラ・ベールに加えてジャン＝ポール・ゴルチエなどのブランドのマニッシュな服も着るようになった。ショートカットのヘアにしっかりとメイクをした由紀にマニッシュな服は似合うことは似合う。しかし、やはりかつての由紀とは別人だ。柔らかさがない。マニキュアは塗っても特別な時以外ネイルはしなかった由紀だったが、ここにきてベースが黒や青といったネイルをするようになった。流行りなのかもしれないが、その爪で銀座の画廊の社長秘書としての仕事に支障ないのかと心配してしまう。そこからも想像できるように、恐らく由紀は、家具もスタイリッシュというより奇抜でアーティスティックなものを選ぼうとしているに違いない。

「それはそれとして、美久ちゃん、医者まわりご苦労さま」悠介が言った。「精神科でも脳神経外科でも異常なし。僕らの悪い想像が外れていたことが証明された結果になった訳だけど」

脳ドックでも問題がなかったことは、前もって電話で話してあった。だが、精神科、脳神経外科、どちらも電話での報告だったので、美久は改めて双方の医師の話を、できるだけ正確に悠介に伝える必要があった。今夜はそのための食事だった。

精神科では、診察前に記入する問診のためのチェックシートがあったが、そのチェックシートの内容にも注視すべき点、矛盾や破綻をきたしている点は見当たらず、やっつけ仕事のように○をつけたり症状を乱暴に記入したりする人も多いなか、由紀はていねいかつ簡潔に記入していたという。

「お医者さんによると、字に乱れがないことも評価すべき点だということでした」美久は言った。「精神に異常をきたしたり緊張状態や不安状態にあったりする人は、震えたりぶれたり字の大きさがまちまちだったり……字にもそれがでるそうです。でも、姉のチェックシートはきわめてきれいだったと」

実のところ美久は、由紀が統合失調症を発症した可能性さえ考えていた。だから、医師に対して、やや恐る恐るといった調子でそれも尋ねた。が、医師には一笑に付された。

「繰り返し申し上げますが、お姉さんは病気でもなければ病的状態にもありませんよ。統合失調症などとんでもない話で。もしもそんな状態にあれば、私にだってすぐにわかります」

医師には言われたが、もとの由紀を知っている身からすれば、それすら疑いたくなるような状況だったのだから仕方がない。

「精神科もだけど、脳に異常が見当たらなかったというのは、何よりもの朗報だね」悠介は言った。「こうなってくると、その可能性を疑ったこと自体が申し訳なかったような気分になってくるけれど」

「結果を聞いて、私もそんな気分になりかけました。でも、姉の突然の変わりようは、あまりに劇的というか極端すぎて……。どこにも異常はない——だったらどうしてこうも変わってしまったのか、やっぱり訳がわかりません。自分を解放したという姉の説明では、お医者さんはともかく、妹である私は全然納得いきません」

「それは長年一緒に暮らしてきた間柄だけになおさらだろうね。何せ美久ちゃんが一番由紀さんのことを知っている訳だから。その美久ちゃんでさえ、僕に同意する恰好で病気を疑った。でも、結局、医者に連れていっても、その謎は解けなかったし納得いく答えもでなかった。となると、僕らは次にどうしたらいいんだろうね。脳に異常がないことは、ある意味、科学的にはっきりした訳だから、やはり問題は精神科の領域……セカンドオピニオンを求めるということで、べつの精神科に連れていくことも、ひとつの手としてはあるんだろうけど」

「無理だと思います」ちょっと眉根を寄せて、美久は曇った顔を小さく横に振った。「姉はこれで義務と約束を果たしたし、医者のお墨付きを得たと言わんばかりの態度でいます。なのにまた医者だなんて言ったりしたら――」

言った途端に瞳が発火してブチ切れる――怒りに蒼ざめた由紀の恐ろしげな顔が、見る前から目に浮かぶようだった。そして由紀が何を言うか、何をするか……考えただけで怖かった。

「そうだね。えらいことになるだろうね」悠介も言った。「美久ちゃんは同じ家のなかで暮らしているだけに、逃げ場がない分大変だ。精神科の医者はＤＶの可能性はないと言ったそうだけど、正直なところどうなの？　仮にそう言ったとしたら、由紀さんに暴力をふるわれることも起こり得ると思う？」

「……思います」言いたくはないことだったが、言わない訳にはいかなかった。「姉は、お医者さんには怒りから発する暴力は自分でコントロールできると言ったようですけれど、今の姉はいったん怒りに火が点くと容易に治まりません。怒るような理由がないことでも頬っぺたを叩かれたり傘で叩かれたりするっていうのに、怒る理由があるようなことで怒らせたりしたら、また正論らしきことを吐きながら猛(たけ)り狂うような気がします」

以降、叩かれたり蹴られたりはしていない。すなわち、暴力は一応治まっているしエスカレートもしていない。ただし、暴力的な側面はまだ見られる。つい一昨日の晩も、テーブルの上の小鉢を叩き落とされたばかりだった。理由は言わなかった。が、美久にはわかっていた。美久がついここ、「花居」で食べた酒肴を真似た和物を作ってしまったからだ。由紀は勘がいい。美久が「花居」で悠介と会っていたことを察したのだろう。だから、無言で叩き落とした。

「DVか……言い方は悪いけど、医者は騙されたかもしれないが、美久ちゃんに暴言を吐いたり手を上げたりするっていうのは、閉じられた家という場所での暴力な訳だから、まさにドメスティックバイオレンスだ」

「姉は、悠介さんに対しても、やっぱり暴力的ですか」

美久は尋ねた。

「そうだね。そういう傾向はあるね。この前も、ちょっとしたことで怒りだして、バッグで殴りつけてきた」

「ああ」美久は顔をひしゃげさせて額に手を当てた。「ごめんなさい」

「美久ちゃんが謝ることじゃないよ」

「でも――」

「僕らは今、同じ問題、同じ悩み、それに同じ謎を抱えている。それを解決するためには、遠慮をしないで正直に語り合わないとね」

医者に行ってもその謎が解けない。本来ならば病気でないことをともに喜びたいところだが、逆にだからこそ悠介と美久は困ってもいる。原因が掴めなければ解決もまたないからだ。

「今の由紀さんは異常だ。僕にはやっぱり病気だとしか思えない」

「私もそう思います」

「でも、医者は病気じゃないと言うし、そうなると治す術もない。困ったね」

堂々巡りのように言い合い、時に息をつく。

来月、十一月二十三日に、銀画材の創立記念パーティーがあるのだという。パーティーには社長夫妻である悠介の両親はもちろん、銀画材に関わる親族、取引先、関係者……大勢の人がやってくる。昨年、一昨年のパーティーには由紀も出席したし、今年もそう予定している。が、悠介は、そこでのことを心配していた。心配というより、虞れと言った方がいいかもしれない。

「うちの両親は、由紀さんが髪をショートカットにしたことさえ知らないからね」

外見が別人のようになってから会ったことがあるのは華子だけで、由紀の状態が落ち着くまではと、悠介は由紀を両親に会わせることを差し控えていたし、由紀の変化を打ち明けてもいない。由紀が短い髪で派手なドレスを着て現れただけでも、悠介の両親は驚くだろう。黒い爪でもしていたらなおさらだ。加えて、もしも会場で何事か引き起こしたら、その驚きがさらに大きいものになることは想像に難くない。驚きで済めばよいが顰蹙、憤慨に至るような出来事だと、さすがに困ったことになる。あと三週間とちょっと、あっという間だ。

「高樹社長も見えるし、場が場だから、由紀さんも滅多なことはしないと思うんだけど」

悠介は言った。

「でも、心配ですよね」

「この間、由紀さんと食事をした時もちょっとあってね」

食事を終え、食後のコーヒーがでてきた時だ。由紀は喫煙席でもなければ、当然テーブルに灰皿もないというのに、やおら煙草を喫いはじめた。

「由紀さん、ここは禁煙」

慌てて悠介が言うと、「あら、そう」と、由紀はカップのなかのコーヒーに煙草を入れて火を消した。これには悠介もだが、店側の人間も呆っ気に取られた。

「機嫌は悪くなかったんだよ。しかし、近頃の由紀さんは、次に何をしでかすかまるで読めない。だから困る。もともと煙草を喫う訳でもなかったから、僕は一瞬ぽかんとしてしまったよ」

「今回のパーティーは、姉は遠慮させた方がいいんじゃないでしょうか。お父さまやお母さまには、高熱をだしたとか……そんな理由にして」

「急にからだの具合を悪くしたならしょうがないと両親は納得するかもしれない。でも、どうやって由紀さんを納得させる？　由紀さんは、パーティーには出席するつもりでいる。遠慮してくれと言ったら、きっとどうしてだと怒りだすだろうね。由紀さんは、来春には式を挙げる僕の正式な婚約者な訳だから」

「………」

遠慮してくれと言った時点で、由紀は気分を害し、憤慨するだろう。そのうえで、自分には出席する権利があると、強引にパーティーにやってくるに違いない。すでに悪い意味でのテンションというかボルテージが上がっている状態でパーティーにやってきたら、何事かが起こる可能性はより高くなってしまう。

「困りましたね」

ほかに口にすべき言葉もなく、美久はぽつりと言うしかなかった。

由紀は豹変してからも、悠介と結婚する意思だけは強固に持ち続けている。由紀は馬鹿ではない。パーティーで事を起こせば来春に迫った結婚に差し障りかねないと承知しているだろうから、たしかに滅多な真似はしないと思う。だが、悠介も言っている通り、読めないのが今の由紀であり由紀の振る舞いだ。よもやと思うが、パーティーや二次会にクラブ仲間など呼び寄せた日には敵わない。彼らはいわゆるパーリーピーポーで、意味や理由など何も必要としない。とにかく賑やかにやること、楽しく騒ぐことが好きなのだ。由紀にそんな友人がいて親しくつき合っていると知っただけで、大友家の人たちはきっとびっくりすることだろう。

「彼らはまだ家に来たりもしているの？」

悠介が美久に尋ねた。

「ええ。でも、みんな家が遠いらしくて、たまにですけど。ただなかに一人、阿佐ヶ谷に住んでいる人がいて、その人は時々うちに出入りしています」

ナッカのことだ。だが、美久が見る限りにおいて、ナッカは能天気なお人好しで、つき合っていても害がない感じがするからいい。理解と扱いに困るのはアンジーだった。悠介には言えなかったが、実はもう一人、最近家に出入りするようになった人間がいる。それがアンジーと呼ばれる外国人男性で、完全な黒人ではないがカラードだ。フランス国籍だという話だが、日本での生活も長い様子で、流暢な日本語を話す。そのアンジーを、あろうことか由紀は家に泊めたりしている。さすがにアンジーは由紀の部屋ではなくソファで寝ているが、美久は彼が家のなかにいるだけで、違和感というか世界の地平が変わったような感じを覚えて落ち着かない。西洋人のアンジーにとってはスキンシップもコミュニケーションの一手段だけに、なおのこと困惑する。ことに由紀とはべたべたしていて、ハグやキスは日常的な挨拶だし、外出する時などは人目を憚ることもなく、二人手をつないで出かけたりしている。あれでは傍目から見て特別な関係だと疑われても仕方がないような親しさだし、よもやとは思うが、美久も正直なところ二人の仲がどういうものなのかがわからずにいる。だから悠介に言えない。

「悠介さんという婚約者がいるのに、ほかの男の人を家に泊めたり、必要以上に親しくするのはよくないんじゃないの？」

さすがに見かねて美久も言った。すると由紀は冷ややかな目をして美久を見て言った。

「古い」

「古いとか新しいとかじゃなく――」

「古いし差別と偏見。アンジーがカラードだと思って」

「そんなこと――」

「私たちだって黄色人種、アンジーと同じカラードじゃないの」

みなまで言わせず由紀は言う。しかも、土俵をずらしてしまうので話にならない。もちろん、美久が問題にしているのはアンジーの肌の色ではない。

「着物……」不意に思いついたように、美久は悠介に言った。「パーティーには和服で出席するようにと言うのはどうでしょう？」

由紀には美意識というものがある。和服となれば、黒いネイルをしたりはしないだろうし、振る舞いも自然としとやかになるのではないだろうか。

留美の形見の浅黄色の付け下げはどうだろう。あれなら派手にはなり過ぎず、短い髪にもよく似合う。悠介の両親が見ても、由紀ががらりと変わったとは映らないのではないか。

「そうか。その手があったね」悠介は言った。「美久ちゃん、ありがとう。由紀さんには和服でパーティーに出席してくれるように頼んでみるよ」

悠介は美久に礼を言ったが、美久のなかには虚しさが漂っていた。ただの誤魔化し。何の解決にもなっていない。目の前のことを、その場凌ぎでやり過ごそうとしているだけの姑息な策。

「和服を着た由紀さんが、前みたいにおっとりとした笑みを顔に浮かべるのを見てみたいな」

そう言った悠介は、ちょっと遠くを見るような眼差しをしていた。

もう五ヵ月だが、まだ五ヵ月だ。けれども、少々大袈裟に言うならば、由紀がおっとり頬笑んでいた様が、遠い昔のことのようにさえ思える。

そう言えば、お姉ちゃんの笑くぼ見ていないな——美久は過去を懐かしむように、或いは留美に思いを馳せるように、心のなかで思いつつ、由紀の柔和な笑顔と笑くぼを脳裏に思い浮かべていた。

3

「あー、疲れた。着つけないものを着ていると肩が凝って敵わない」

家に帰り着くと、言うなり由紀は帯を解き始めた。

「でも、由紀さん、とてもきれいだったよ」

そう言ったのはアンジーだった。アンジーは、由紀をマリーではなく「由紀さん」と呼ぶ。悠介と一緒だ。

銀画材の創立記念パーティーには、急遽美久も出席することになり、和服姿の由紀とともに洋装で出席した。表向きは来春には悠介の義理妹となり大友家に連なる人間となる存在としてだったが、実際のところは由紀の監視役にほかならなかった。由紀におかしな様子が見られたら直ちに会場から連れ出す——それが美久の秘された役目だった。

しかし、パーティーでの由紀に何の問題もなかった。

和の装いに見合ったしとやかで女らしい所作、振る舞い。顔にもおとなしやかで穏やかなほのかな笑みがあった。それはかつての由紀だった。着物ということもあって、悠介と肩を並べた由紀は、初々しい若妻のようですらあった。

（やればできるんだ）

ほっとする一方で、美久は由紀にしたたかさのようなものも覚えていた。

峰子も由紀が髪を短くしたことに関しては一瞬「あら？」と目を見開いていたが、何せ相手をする客が多いので、それ以上のことはなかった。礼一にいたっては言うまでもない。華子は前にレストランでのことがあったから、最初はちょっと窺うような眼差しを向けていたが、変わらぬ由紀の様子を見てすぐに納得したようにひらひらと客の間を縫いだした。事はなし。

ホテルでのパーティーの後、現世代と次世代とで二派に分かれての二次会が予定されていたが、由紀は疲れるからとそれには出席せずに帰ると言った。したがって、美久の監視役も二時間余りでお役御免となった。

「着物を着て二次会なんて無理」

由紀は美久に言った。

そして由紀は表玄関にではなく地下駐車場に向かった。

「タクシーで帰るんじゃないの？」

美久は由紀に訊いた。

「アンジーに迎えにきてくれるように車を預けてあるのよ」

「え？」

地下駐車場に下りてみると、本当に由紀の車でアンジーが迎えにきていた。かくして美久もアンジーの運転する車に乗って一緒に家に帰ることになった。

「美久ちゃん、着物掛けておいて。で、畳むものは畳んでおいて。私はこれからアンジーと飲みに行くから」

着物を脱いで着替えると、由紀は美久に言った。

「えっ。私、着物を畳むのは苦手なのよ」

「練習。いいからやっておいて頂戴」

由紀はさっさと服に着替えたが、美久はアンジーがいることもあってまだ着替えていない。パーティーに出たままの姿でのろのろと着物を掛け、帯を畳みはじめる。内心、これでは下女だと思っていた。

「じゃあ、私は出かけてくる。——ああ、ナッカに車を貸す約束をしているの。そのうちナッカが来ると思うから、キーを渡しておいて」

アンジーが消えても今度はナッカが来る。いったい自分はいつ一人で気楽にのびのびできるのだろうと、内心美久は愚痴るように思っていた。そんなことを思ったのも、美久も慣れない席と監視役という秘された役目でくたびれていたからだと思う。

だが、由紀はそんな美久の思いを知ってか知らずか、車のキーをぽいと美久に渡すと、美久が着替えをするのも待たずにさっさとアンジーと出かけてしまった。

いつナッカが来るかわからないので着替えもできないと思ったが、そのままでは肩が張るので美久は大急ぎで着替えを済ませた。パジャマか部屋着に着替えてしまいたいところだったが、一応まともな洋服を着た。

(私は何をやってるんだろう)

そんなことを思ってややたそがれているうち、インターホンが鳴ってナッカがやってきた。思ったより早くやってきてくれたのが救いだった。

「ああ、マリーはもう出かけちゃったんだ」

ナッカは言った。

「キーは預かってます」

「途中に『エデン』ってパン屋があるじゃない？　匂いにつられてはいってあれこれパン買ってきた。パーティーなんていっても、妹ちゃん、どうせろくに食べてないんでしょ？　一緒に食べようよ。僕もこれからロングドライヴの腹拵(はらごしら)え。お腹空いちゃって」

ずうずうしい人だとは思ったが、これまでのやりとりで悪い人間ではないとわかっていたのでナッカを家に上げた。それにナッカが言うように、美久も少しばかりお腹が空いていた。

「エデン」のパンは美味しい。

「紅茶とコーヒー、どっちがいいですか」

「コーヒー。ごめんね、面倒かけて」

「いえ。ロングドライヴって、どこまで行くんですか」

「実家。草津の近く。圏央道ができたから、車の方が便利だし早いんだよ」

何だか変な夕食だと思いながら、ナッカと差し向かいで「エデン」のパンを食べる。

「で、マリーは誰と出かけたの？　一人？」

ナッカが訊いた。

「ううん。アンジーと」

「アンジーか」

言いながら、ナッカはわずかに面白くなさそうな表情を見せた。

「あの人もクラブ仲間なんですか」

「クラブに出入りしていることは出入りしているけど、彼は僕らとはちょっと毛色が違うね」

「毛色が違う……どういう人なんでしょう？」

「詳しくは知らない。でも、僕は苦手。彼、活動家だからな」

「活動家？」美久は思わず目を見開いた。「活動家ってアルカイダとか『イスラム国』とかのですか」

美久の言葉にナッカは笑った。苦笑交じりの笑いだった。

「そんな過激な人間じゃないから安心していいよ。活動家と言うより思想家と言うべきか。僕も細かいことはよくわかんないんだけどさ」

「あの……ナッカさんにお訊きするのも妙な話ですけど、あの人、姉とはどういう関係なんでしょう？　何だか凄く親しそうですけど」

「ああ、それもまず心配要らない。アンジーは完全に無害とまでは言わないけど、彼の関心はどっちかというと女性じゃなくて男性にあるから。だからマリーとは女同士に近い仲のいい友だちなんじゃないの？」

つまりはゲイに近いバイセクシャルということか。聞いて何だか気が滅入った。不潔とまでは言わないが、ゲイならゲイ、そちらの方が潔いというか、まだマシのような感じがした。由紀はそれを承知でアンジーとああも親しくしているということか。何を考えているやらわからない。

「おっと、長居をしちゃった」腕の時計に目を落としてナッカが言った。「そろそろ出発しなくっちゃ。僕、行くね。ああ、片づけないでごめん」

「いいえ。こちらこそご馳走さまでした」

「妹ちゃんもパーティーだったんだよね。今日はお疲れさま。僕が帰ったらゆっくりお風呂にでもはいって休んだらいいよ」

そう言ってナッカは柔らかく頬笑んだ。「お疲れさま」――本来なら由紀から聞いていていい言葉をナッカにやさしく言われて、少しほっこりしていることが美久は自分でも不思議だった。

「しかし、妹ちゃんも大変だよね。マリーみたいに気まぐれでちょいとエキセントリックなお姉さんがいると」

「…………」

美久は言葉が返せなかった。ただ心のなかで、もとの由紀は違った、今の由紀が本物ではないと思っていた。

「まあ、そのお姉さんも春にはお嫁にいくから、妹ちゃんももうじきお役御免、解放される訳だけど」

それにも美久は何も言葉を返せなかった。由紀が結婚して自分のそばからいなくなってしまうのは、本来寂しいことのはずだった。なのにそれがいつ少しほっとするようなことにすり替わってしまったのか。

〈パーティー終わった。くたびれたぁ〉

英則と今もつき合っていたら、そんなラインを入れていたことだろう。〈お疲れ〉——英則からはたぶんそんな程度のメッセージしかはいらないだろうし、英則に報告したからといって、何が変わる訳でもない。しかし、そんな些細なことが日常のガス抜きのようなものになっていたのだということに、改めて美久は気づく思いだった。そんなささやかなガス抜きさえも、由紀によって奪われてしまったことが、美久は少しばかり恨めしかった。

早く一人になってくつろぎたいと思っていたはずが、ナッカが「じゃあね」と笑顔で言って出ていってしまうと、美久は気が抜けたような疲れと寂しさに見舞われた。家に一人——最近そういうことが多い。多くの人と接した日には、余計に寂しさを覚えるものなのかもしれないし、由紀に美久を気遣うところがまったくなかったのも寂しかったのかもしれない。そう、英則でなくても、由紀が、「美久ちゃん、今日はお疲れさま。くたびれたでしょう?」と言ってくれるだけで、きっと美久の心は宥められた。

気分を変え、ナッカに言われた通り、浴槽に湯を張り、テーブルの上のものを片づける。湯が溜まるのを待っていると、ケイタイが鳴った。悠介からだった。

「由紀さん家にいる?」悠介は言った。「美久ちゃんに訊くのも妙な話だけど、どうにも連絡がつかなくて」

「あ。姉なら着替えてお友だちと飲みに行きましたけど」

「そっか」

美久は知らなかった。が、由紀は家に帰って着替えをしてひと休みしたら、悠介たちと合流してもいいようなことを言っていたらしい。けれども、由紀から何の連絡もなければ、かけても電源を切っていてケイタイもつながらない。それで悠介は美久に連絡をしてきたという次第だった。

「悠介さんとそんな約束をしていたっていうのに、姉ったら。どうもすみません」

「いや、約束というほどかっちりしたものじゃなかったから。それに美久ちゃんが謝ることじゃないよ」悠介は言った。「その友だちって、あのアンジーとかいう外国人？」

「……………」

美久は一瞬言葉に詰まった。美久は話していなかったが、悠介はアンジーのことを承知していたということだ。まああれだけおおっぴらにつき合っていれば、婚約者である悠介の目にも耳にもはいって当然だろう。

「そうです」一拍置いてから美久は言った。「でも、あの人は無害というか、姉とは何の関係もありません。あの人は……ゲイなので」

「…………」

今度は悠介が沈黙した。美久は余計なことを言った気がして内心ちょっと後悔していた。ゲイだからよいというものではない。自分よりもゲイとのつき合いを優先しているということの方が不愉快かもしれない。

「友だちと飲みに出てケイタイを切っているんだから合流はなしだね。はっきりしてよかったよ」

悠介は言った。

「本当にすみません」

「また謝る。――ああ、こっちこそごめん。お礼を言うのが後になっちゃった。今日はどうもありがとうね。ああいうパーティーは慣れないとくたびれるでしょ？　美久ちゃん、今日はどうもお疲れさまでした。またああいう機会があるかと思うけど、これに懲りずによろしくね」

悠介はていねいに礼を言うと電話を切った。

「今日はどうもありがとうね。美久ちゃん、今日はどうもお疲れさまでした」――切った後、美久はベッドに腰かけ、ほのかに頰笑んでいる自分に気がついた。ナッカに「お疲れさま」と言われた時もほっこりした。が、それ以上に悠介の言葉に癒されている自分を感じていた。

悠介はやさしい。そのやさしさが心に滲みる。今は誰に言われるよりも、悠介から「お疲れさま」と言われることで心が宥められる気がした。由紀の口先だけの「お疲れさま」よりも断然にだ。

美久は癒されてわずかに頰笑んでいる自分に気づいてから、改めて表情を引き締めた。悠介とはなるべく正直に由紀に関しての話をしている。けれども、すべて話している訳ではないし、今日まで美久がアンジーのことを告げていなかったのと同じように、悠介も美久に告げていないことがいくつもあるに違いない。

（きっと私が聞いているよりもずっと、悠介さんはお姉ちゃんに振り回されている）

悠介が寛容ですばらしい人間なだけに、美久は悠介を気の毒に思った。同時に、由紀に腹立たしさに近いものを覚えていた。

4

悠介は当惑していた。ここ五ヵ月ほど、ずっと当惑のなかにあり続けていると言った方がいいだろう。

ようやくといった感じで正式に結婚の日程も整った時、由紀ががらりと変わってしまった。

穏やかな由紀が消え失せ、突然激しい女が現れた。

パーティーではふつうに振る舞っていたし、そこだけ見ればかつての由紀だ。けれども、あれは現実の由紀ではない。現実の由紀はエキセントリックで暴力的ですらある。

「そんな目で私を見ないでよっ！」

ついこの間も不意に言われて由紀に蹴られた。

「べつにおかしな目で君を見てなんかいないよ」

悠介は言ったが、一度言いだすと聞かない。

「見てるわよ。まるで気の狂った人間でも見ているような目で」

一方で、からだに触れられることを極端に嫌がる。今はからだに触れられることが生理的に嫌だ、癇に障るというのだからどうしようもない。文字通り、今の由紀は腫れ物だった。それでいて、アンジーとはべたべたしているというのがまたわからない。今の悠介には、由紀に愛されているという実感がなかった。

そんなことで結婚できるのか……正直悠介は思わないでもない。当初は由紀がもとの由紀に戻ってくれればと思っていたが、流れは逆だ。どんどん望まぬ方に進んでいる。由紀の気性は、日増しに激しく手のつけられないものになっている。

「華子から由紀さんが変わったって聞いたけど、あなたたち大丈夫なの？」

母の峰子から言われたことを思い出す。どうやら華子が「ポワソン」でのことを、ちらっと峰子に喋(しゃべ)ったらしい。

「嫌よ、式を目の前にして破局だとか成田離婚だとかみっともないことは」

「大丈夫だよ」悠介は言うしかなかった。「結婚前で、ちょっと神経質になっているだけで」

本当のことを言えば、式は先延ばしにしたかった。今の由紀を妻として自分の日常に受け入れるだけの自信がない。だが、〝ええかっこしい〟と言えば〝ええかっこしい〟なのか、それを誰にも打ち明けることができない。むろん当の由紀にもだ。そんなことを口にしたら、いったいどんな嵐が悠介を待ち受けていることか……想像するだけで気が滅入った。

「美久にも言ったけど、狂人扱い、病人扱いされた屈辱を、私は生涯忘れない。許さないから」

由紀は燃えるような目をして悠介に言った。悠介を生涯許さないと言っている女性を、悠介は妻に迎えようとしている。それが正しい選択なのか。

逃げ出したい――それが悠介の偽らざる気持ちかもしれなかった。認めまいとしているが、もはやそれを認めざるを得ない状況にある。

しかし、逃げ出したくても逃げ出せず、この悪夢のような事態に健気(けなげ)に耐えている人間がほかにもいる。美久だ。血の絆があるがゆえに、美久は由紀から逃れられない。常に真摯(しんし)に変わってしまった由紀と対峙(たいじ)しなければならない。由紀から逃れようとすることは、悠介を信じ、事態に懸命に耐えている美久をも裏切ることになる。そんなことが男としてできるだろうか。

「すみません」

由紀の行為を詫びる美久の言葉と声が悠介の耳に甦った。同時に、心底申し訳なさそうに身を縮こまらせた美久の困りきった顔が脳裏に浮かぶ。

あの娘のためにも耐えなければ……思いつつ、一方で、何を恰好つけているのかと思う。だが、銀画材の長男の跡取りとしても、自分は強い男でなくてはならないと思う。ここで折れたら、待っているのは自己嫌悪だ。美久がいるから、悠介はまだ耐えていられるし、弱い男に転落せずに済んでいるような気がすることさえある。

願うのは由紀がもとに戻ってくれることだけだが、それは叶(かな)う見込みのある願いなのか……今の悠介にはわからなかった。

引き返すなら今のうちだと、囁く声が耳に聞こえた。天使の囁きか悪魔の囁きか——いや、それは、悠介自身の心の声だった。

「すみません」

また美久の顔と姿が思い浮かぶ。

（美久ちゃん……）

悠介は心のなかで呟いた。

裏切れない。ならばこのまま行くしかないのか。

悠介は当惑から脱け出せずに喘いでいた。

5

アンジーと飲みに出かけた時刻が時刻だ。由紀がそうそう早く帰ってくるはずはなく、帰りは深夜になるだろう。美久はそう読んで、先に寝むことにしてベッドにはいった。今日は美久もくたびれていた。

以前は由紀のその日の予定は把握していたし、何時に帰ってくるかも承知していた。先に予定が見えない時でも、〈あと小一時間で帰る〉などと、由紀はラインで連絡してくれたものだ。今はそれがまったくない。だから由紀の行動や予定はさっぱりわからなくなっていた。起きて待っていても、帰ってこない晩もある。朝になってもだ。そんな時は、きっと悠介のところに泊まったのだろうと考えることにしているが、悠介にはもちろん、由紀に尋ねたことはない。由紀を不機嫌にさせるのも嫌ならば、よもやとは思うが、違う返答を耳にするのい。
も嫌だった。今の由紀なら、平然とした面持ちで、「アンジーと一緒よ」などと言いかねな

そんなことを考えているうちに、美久はいつしか眠りに就いていた。が、寝ついてどのぐらいか経った頃、物音で目を覚まされた。ゴン、ガシャンと、何かが壊れるような物音だ。起き上がり、何事かと自室をでてみた。すると、由紀がリビングで、スペインのサルガデロスという陶器の置物を叩き壊していた。スペインの陶器というと、色鮮やかなものが多いが、サルガデロスは基本的に白地に黒のツートーンで独特のフォルムが美しい。前に二人でスペイン旅行に行った時、二人ともいたく気に入って、動物の置物を七つほど買ってきた。海外のお土産物というと、時が経つと飽きてしまいがちだが、サルガデロスはシンプルな分、飽きることがなく、今も大事な美久のコレクションのひとつだったし、それは恐らく由紀も同じだろうと思っていた。結婚して家を出ていく時には、由紀も持っていきたいと言うかもしれないが、美久もふたつぐらいは自分がもらいたいと考えていた。そのぐらいに気に入っていた。にもかかわらず、由紀はそのサルガデロスを叩き壊していた。小鳥のような小さなものは案外厚くて丈夫に出来ているので、床に叩きつけてもそう簡単に割れない。それに業を煮やしたのか、由紀はハンマーまで持ち出して割り砕いていた。

「お姉ちゃん、何してるの！」思わず美久は小さな叫び声を上げた。「何でサルガデロスを

「壊すの？　それは私たちのお気に入りの――」

「うるさいっ！」

そう言って振り返った由紀は鬼の形相をしていた。瞳に炎が灯(とも)っている。何かに腹を立てていることは間違いがなかった。少し痩せたのか、尖った由紀の顔は本当に前とは別人に見えたほどだ。

「何があったか知らない。だけどわざわざサルガデロスを壊すことはないじゃないの」

美久は言った。その次の瞬間、由紀に思い切り頬を張られていた。いきなり容赦なく頬を張られて、美久は痛みを覚えるよりも、まずは茫然となった。また暴力。

「あんたが悪いからよ」

由紀が言った。

「私が？……」

訳がわからず美久は言った。

「スパイ！」由紀は言った。「悠介さんのスパイ！」

「スパイだなんてそんな――」

「いつもこそこそやっているし、二人して私を狂人扱いして病院にまで連れていった。私、そのことを許してなんかいないわよ。悠介さんがパーティーには着物で来てくれなんて言いだしたのだって、どうせあなたの差し金でしょう？　今日だってあなた、私がアンジーと出かけたことを悠介さんに告げ口したじゃないの！　だから悠介さんのスパイだって言うのよ！」

どうやら由紀は、今夜一度は悠介と連絡を取り合ったらしい。

「私、お姉ちゃんが悠介さんと合流することになっていたなんて知らなかったんだもの」美久は言った。「それにアンジーのことは、私が言わなくても悠介さんも知っていたわ」

「気が向いたら合流するかもと悠介さんに言ったのは婉曲な断りよ。それがわからない悠介さんが悪い。悠介さんもアンジーのことは知ってたかもしれない。だけど、あんた、余計なことを言ったでしょ？　アンジーがゲイだって」

ようやく「ああ」と思い至って美久は額に手を当てた。

「よく知りもしないくせに余計なことを言わないで！　アンジーは私の友だちよ。悠介さんとは関係ないの！」

「余計なことを言ったとしたら謝る。だけど、何もこんなことをしなくたって……」

「あんたは言ったってわからないからよ！」

たしかにアンジーのことをゲイだと言ったのは余計だったかもしれない。でも、美久も言いつけたくて言った訳ではない。そこにはアンジーとの仲を疑わせまいという由紀を庇おうとする気持ちも働いていた。しかし、今そんなことを言ったところで始まらない。

「片づけておいて。私は寝るから」

サルガデロスを壊し、美久を引っぱたき、言うだけ言うと気が済んだように由紀は洗面所へと向かった。

何で夜中にこんなことをしなくてはいけないのか——そんな思いを抱きつつ大きめの破片は箒と塵取りで集め、細かい破片は掃除機で吸った。

「うるさいっ！」

また由紀の言葉が飛んできた。掃除機の音のことを言っているのだろうが、そんなことを言われてもどうしようもない。

時計を見る。午前二時三十四分。美久も明日は仕事だ。こんな夜中に割れ物の始末をしていることが悲しくも腹立たしかった。今頃になって張られた頬も痛んだ。

「自分が壊したんだから、お姉ちゃんが自分で片づければ」——それぐらいのことは言っても罰は当たらないと思ったが、美久は喧嘩慣れしていないし喧嘩することが好きでもない。しかも相手は由紀だ。これまで言い合いなどする相手でなかっただけに言うべきタイミングを逸してしまい、言われた通りに片づけをしている。阿呆のようなものだと自分がいやになりそうだった。

塵取りの割れ物をゴミ袋に捨てる。それにしても——美久は思った。どうして由紀は食器ではなくあえてサルガデロスの置物を壊したのか。楽しいスペイン旅行だった。二人とも未だにお気に入りの置物だった。わざわざそれを壊したのは、思い出そのものを壊そうとしたということではないか。

（何でそんなことを……）

考えていると、情けなさ、悲しさ、悔しさ……負の感情が混じり合って、瞳に涙が滲んできかけたが、美久は洟（はな）を啜（すす）って涙をとめた。

夕刻からは由紀の監視役という役割を帯びてのパーティー出席、次にアンジー、それからナッカ、悠介との電話、そして夜中にこの騒動。一日由紀に振り回されたようなものだった。こんなことが続くようだと、美久の生活はまわらなくなってしまう。英則との関係を壊された時点で、美久の日常が変化してしまったことも、改めて思い知るようだった。

「まあ、そのお姉さんも春にはお嫁にいくから、妹ちゃんももうじきお役御免、解放される訳だけど」

不意にナッカの言葉が美久の耳の底に甦った。たしかに、来春由紀が結婚してしまえば、今日のようなことはなくなる。由紀は美久にここを出ていけ、自分はここには戻らないと言っているから、よそに移れば由紀との接触の機会はうんと減ることだろう。もう美久は、日常的に由紀に振り回されることはなくなる。

　ほんの少しだ。けれども、そのことをほっとするような気持ちで喜ばしく思っている自分に気づいて美久は顔を曇らせた。

　由紀が変わってしまう前までは、来るべき由紀の不在を内心寂しく思っていた。なのに今は、そこに安堵とささやかな喜びを見出している——この十二年のことを思うとまるで嘘のようだったし、美久はそんな自分にある種の冷たさを覚えていた。そしてそのことに、自分自身落胆していた。

　これから由紀と日常的に、しかも深く関わることになるのは悠介だ。悠介さんなら……そう思う気持ちの一方で、美久は心のなかで小さく首を横に振っていた。寛容で心やさしい悠介ならと思うのは、逃げであり方便のようなものだ。

（私は悠介さんに下駄を預けようとしている。それもすっかり厄介になってしまった重たい下駄を）

　美久は掃除機を仕舞って手を洗うと、自室のベッドに戻った。とにかく眠らなくては明日の仕事に差し支える。

　が、横になりながら考えていた。

　日々、目先のことでばたばたしているが、一番大きな謎が残っている。あんなにも穏やかで思いやりがあってやさしかった由紀が、どうして変わってしまったかだ。どうしたら人間、こうも変われるものなのか。あの旅行と本当に関係はないのか……そうした謎がまだ全然解けていない。

（眠らなくちゃ……）

答えのでない謎からも逃げるように、美久は目を閉じて思った。

第六章

1

年が改まっても何が変わるものでもない――例年思ってきたことだが、今年はなおさらだった。年が改まっても、由紀は変わったまま元に戻らない。正月の二日、大友家に年始の挨拶に出かけていったが、何があったのか、帰ってきた時は不機嫌で、そこら辺のものを蹴散らしたり壁を蹴ったりしていた。

「何かあったの？」

昔ならば当然のように訊いていたことだろう。だが今は、それで怒りの矛先がこちらを向いてとばっちりを食うのが恐ろしいから黙っている。黙っていると、「何を陰気に黙っているのよ？」と逆に突っかかられる時もある。しかし、触らぬ神に祟(たた)りなし、確率としては火に油を注がないためにも黙ってやり過ごした方がことが大きくならない。美久もそのぐらいのことは学習した。

アンジーとの親しさも相変わらずだ。聞けばアンジーは武蔵境に住んでいるという。武蔵境といったら、西荻窪からはJR中央線でたったの三駅だ。それだけ近いのだから何もうちに泊まることはない、自分の家に帰ればいいと思うのだが、この寒いのに、依然としてアンジーは、時々リビングのソファで寝たりしている。

「美久ずっと元気ないね。っていうか、どこか不機嫌。不機嫌……それもちょっと違うな。そう、何か暗い」

「今日もくたびれたような顔してる。やっぱり暗い」

…………

美久は昨年から真実に何度もそんなことを言われてきた。真実は親友の一人と言っていい。ことに会社に於いては一番の親しさだ。だから、身に起きている事情を話してもいいのだが、これまでの姉妹の緊密な関係や由紀の人柄をよく承知しているのも真実だ。だから、話したところできっとにわかには呑み込めないし信じられないことだろう。そう思って何も話さずにきた。

「新しい年になったけど、美久は相変わらずだね。やっぱり顔色が冴えない。ねえ、本当に何もないの？　何かあったんじゃないの？」

「破局した」

何の事情も話さないのも面倒なので、美久は真実にさらりと言った。真実を仮にも納得させて黙らせたかったというのが本当のところかもしれない。いちいち訊かれるのは面倒臭い。

「破局？　もしかして破局って、件の彼氏と？」

真実は驚いたように目を見開いて美久の顔を覗き込んだ。

「そう」

英則と別れたことは事実だから、真実に嘘をついていることにはならない。

「いつ？」

「もう結構前よ。半年までにはならないかな」

「それでか……。でも、どうして？」

真実は突っ込んで訊いてきたが、ここでもまた由紀に破局させられたという事実や経緯を話すことはできない。話したところで、恐らくそれは、真実の理解を超えている。

「長過ぎた春」美久は真実に言った。「ちょっとしたことで諍いになって、勢いお互い長年鬱屈していた不満の方が噴き出してぶつかり合って、どうにも修復がきかなくなった。そんなところ」

「そんな。もう七年ぐらいつき合っていた相手でしょ？　ちょっとした諍いってどんな諍い？」

「本当にちょっとしたことよ」

「だからちょっとしたことって？」

「そのうち話す」

「ねえ、何とか仲直りできないものなの？」

「まさに覆水盆に返らず。元戻りはなし。それぐらいこなごなに壊れちゃったのよ。それにもうずいぶん時間も経ってる。だから無理ね」

「何とまあ。ああ、他人ごとじゃないな。私たちも長過ぎた春になるかもしれないもんなあ。しかし、やっぱりちょっと凹むよね。私たち、もうそこそこいい歳になってる。なのに、これから新しい人見つけなきゃならない訳だから。しかしまあこの寒いのに、彼氏がいないなんて」

「寒さと関係あるの？」

「冬ってやっぱり人肌恋しい季節じゃない？　温もりっていうかさ」

「そうかな。私はそういうのはあんまりないな」

人というのはおかしなものだ。ちょっとした出来事、問題、悩み事……自分が胸に抱えていることを誰かに話すと、何も変わらないし解決もみないのになぜだか楽になる。心がちょっぴり軽くなったりする。一方、つまらないことでもじっと黙っているというのはどうしてだかしんどい。だから、真実に、悠介と相談して由紀を心療内科や脳神経外科に連れていったことに至るまで話せば、彼女も由紀の様子の尋常ならざることが、ある程度想像できるかもしれないし、美久の顔色がずっと冴えないことにももっと納得がいくかもしれない。だが、身内のことだ。それもたった一人の姉のことだ。真実にも悪くは言いたくない。それに一度話してしまえば、その時はいったん楽になっても、この先もあれこれ報告しなければならなくなる。それが面倒だった。そもそも真実は当事者ではない。当事者でなければわからないことがあるし、事態の深刻さがまるで異なる。今回の出来事の当事者――それは美久であり悠介だった。「悠介さんのスパイ！」と、由紀から詰られても、話すとすればやはり相手は悠介以外にあり得なかった。

「美久ちゃん、後でお茶菓子買ってきて」

土曜の午前のことだった。遅めの朝食をとっている時、美久は由紀に言われた。

「お茶菓子って、誰か来るの？」

また来客か……と内心うんざりしながらも、顔にはださずに美久は言った。

「お昼過ぎ、一時半に女の人が二人」

由紀が答えて言った。

「女の人が二人——。お茶菓子って何がいいの？」

「フィナンシェとかクッキーとか。コーヒーを淹れて食べられるようなもの」

「わかった。じゃあ、私は買い物にいって、お客さんが見える頃になったら外に出かけてるね」

美久が由紀の客に会う必要はない。かといって部屋に籠もっているというのも頑なな感じがする。息も詰まる。だから美久がそう言うと、間髪を容れずに「駄目」と由紀が言った。

「美久ちゃんにもいてもらわないと。お客さんが見えたらコーヒー淹れて差し上げて」

コーヒーを淹れるために自分はいなくてはならないのか……そんな思いがあったが、由紀と言い合いはしたくないので、仕方なしに「わかった」と美久は言った。ただし、続けて尋ねた。

「お客さんってどういうお客さん？」

「それは会ってからのこと」

そう言って、由紀は教えてくれなかった。

西荻窪では名を知られたパティスリーで買ってきたフィナンシェやクッキーを菓子皿に盛り、カップの用意をしていると、ほぼ一時半ぴったりに二人の客人がやってきた。

一人は四十代半ば、いま一人はちょうど六十ぐらいと、由紀よりも年上の女性客だった。

服装も穏当ならヘアスタイルも化粧も穏当――一見しただけで、クラブ仲間たちとはまるきり種類の異なる人間たちだということがわかった。会ったことはないけれど、どこかで会ったような人たち――美久はそんな印象を受けた。二人とも、常識的でいいところの家の奥さんという感じもした。

「お休みのところお邪魔してすみません」

年輩の方の女性が言い、「初めまして」と、四十代の女性も頭を下げた。

テーブルに着くと、年輩の女性は「玉木典子」と名乗り、四十代の女性は「川上理絵」と名乗った。

「由紀の妹の美久です」

美久も名乗って軽く頭を下げたが、二人が苗字のみならず、フルネームを名乗ったことに若干の違和感を覚えていた。

「お姉様の由紀さんとは、ちょっとしたご縁があってお知り合いになったの」

「由紀さんのような素晴らしいかたとお知り合いになれて、ご縁というのは素敵なものだと改めて思ったわ」

ご縁――漠然とそう言われても、何が何やらわからない。だから美久も「はあ」と曖昧に言うしかなかった。そして、いざお茶会が始まってみると、二人は由紀にではなく、美久にばかり話しかけてくる。

「美久さんは、ウェラスにお勤めなんですってね？　ウェラスの製品、うちでも使っているわ」

「会社ではどんなお仕事を？」

「まだ高校一年生の時にお父様とお母様を一緒に亡くされたんですってね。大変でしたわね。想像を絶するわ。でも、由紀さんのようなやさしくてしっかりしたお姉様がいてくださって本当によろしかったわね」

「由紀さんは銀座銀画材のご長男さんとこの春ご結婚がお決まりなんですってね。さすがに由紀さん、お相手もご立派だわ。で、美久さんは？　ご結婚のご予定はあるの？　つき合っているかたはいらっしゃるの？」

「会社でのお仕事はどう？　何か悩み事とかおあり？　人間関係はいかが？　いえ、会社のことだけではなく、今、何が一番のお悩みなのかしら？」

…………

美久は言葉を濁して、ほとんどまともに答えなかった。ただ、心のなかで、由紀が美久の勤め先や自分の結婚のこと、悠介のことまで、この人たちに話しているのだと思っていた。彼女らの質問に、寡黙にならざるを得ない。すると彼女らは言った。

「美久さんは万事控えめでいらっしゃるのね。いまどき珍しいぐらいに物静かで女らしくて可愛いかただわ」

「ご結婚の意思がおありなら、美久さんだったらいくらでもいいかたがいらっしゃるわよ」

「何なんですか」——美久は言いたい気分だったが我慢した。なぜこの人たちが、ずけずけと美久に踏み込んでくるのかが理解できない。「何か悩み事とかおあり?……今、何が一番のお悩みなのかしら?」などと尋ねられても、初めて会ったよく知りもしない相手に話せる訳がない。そんなことは考えてみるまでもなくわかるだろう。なのに平気で訊いてくる神経が理解できなかったし腹立たしかった。由紀はといえば、おっとりとコーヒーを飲みながら、そんなやりとりを黙って聞いている。表情も所作も昔の由紀のそれだ。

「今日は美久さんにお目に掛かれて本当によかったわ」

「ほんと、ほんと。これもご縁ね。この先大事にしていきたいわ。由紀さんがいらっしゃるから大丈夫かもしれないけど、私たちで何か力になれることがあればいつでもおっしゃってね」

　さんざん美久にあれこれ尋ねた果てに彼女らは言った。何が何だかさっぱりわからない。けれども、美久はこういう種類の女性が嫌いだった。彼女らに比べれば、パーリーピーポーのクラブ仲間の方がまだマシかもしれない。彼らは自分たちの楽しみの追求が第一で、いちいち干渉してこない。

「そうそう、今度拙宅で昼食会があるの。再来週の日曜日なんだけど。美久さん、ぜひいらして頂戴。いろんなかたたちをご紹介できるから」

川上理絵と名乗った女性の方が言った。

「気の張る会じゃない。みんなでお昼をご一緒するだけだから。ね？」

「あ、いえ、私は――」

「由紀さんとご一緒にいらして頂戴。お待ちしているわ」

（冗談じゃない）

心では思ったが、もう美久は何も言わずに穏やかな面持ちを保っていた。ここは静かにやり過ごし、そんな会などに行かなければよいと思っていた。

「帰り際になって名刺をお渡しするのもおかしなものですけれど」そう前置きしてから、理絵が自分の名刺を差し出した。「ケイタイ番号も書いてあるので、いつでもご連絡くださいね」

差し出された名刺を突き返す訳にもいかない。受け取って一応見てみると、『信親会　杉並地区　婦人部長　川上理絵』とあった。

信親会――そのことに驚いていると、やさしげな声で理絵が続けた。

「こちらの玉木さんは、東京支部の婦人部副長さん。これからどうぞよろしくね」

信親会……それこそ冗談ではない。きっと美久は色を失ったような顔色をしていたと思う。

「何で？　どうして信親会なの？　どうして信親会の人なんか、うちに連れてきたの？　私に会わせたりしたの？」

二人が帰ってしまうと、さすがに美久は、由紀に詰め寄らずにいられなかった。

「そりゃあ信親会や信親会の人を美久ちゃんに知ってもらいたかったからよ」

「お姉ちゃんは、信親会に関心があるっていうこと？」

「じゃなければうちになんか招んだりしない」

「何で？　悠介さんとの結婚も近づいている。これから大友家にはいろうっていう人がどうしてここにきて信親会なの？」

「ご縁よ」

それに対して由紀はゆったりとした笑みを浮かべて言った。目にも笑みの色がある。その笑みが、美久には逆に不気味に思えた。

信親会……由紀はいったい何を考えているのか――美久は迷路にはまり込んだような心地だった。

旅行の時、由紀は彼女らに出逢ったのだろうか。それとも、もともとセミナーに参加するつもりで旅行にでると言いだしたのだろうか。そこで意識改革を図られて、自分を解放するなどという思いに及んだのか。

考える。しかし、すべては想像でしかない。そこに迷路からの出口はなかった。

2

信親会といえば、日本人なら誰でもとまでは言わないが、大半の人が名前ぐらいは知っているのではないか。何せ、ずばり「信親」という政党もあるし衆参議員もいる。「信親日報」という新聞もだしていれば刊行物も多い。半端な知識だが、たしか元は互助会だったものが、途中、笹岡幹一郎（ささおかかんいちろう）という強いカリスマ性を持った人物を会長に戴（いただ）くに至って、ある種の宗教性と政治性を帯びた一大組織となったのではなかったか。美久はこれまで信親会に関心がなかったので、そう詳しいことは知らないが、信親会は「互助、共助、共闘」を理念とし、「人類はみな家族」という思想を持っていることぐらいはかろうじて承知している。世間で「笹岡会長」と言えば笹岡幹一郎を指している。笹岡幹一郎はそれぐらいに有名だ。

「案外隠れ会員が多くいるから大きな声では言えないけれど、信親会と関わると、何かとややこしいみたいよ」

　以前友人からそんなことを耳にした覚えがある。中学の時にもクラスに信親会青少年部の男子がいて、会員であるのを隠すこともなく、クラスメイトを集会に誘っていたのを思い出す。聖なる灰がはいっているという目薬を差し、周囲にも勧めていたこともだ。十二、三の子供が自分から信親会にはいることはない。つまり、彼の家は、一家全員が会員なのだ。親が信者と言っていいような会員だから、子供も影響されるし会員になる。彼は自分は青少年部長になりたいのだと明言しているぐらい、熱心な少年会員だった。そこからもわかるように、信親会は個人ではなく家族を単位としてほしがる。すなわち、家族の一人が陥落させられると、全員が巻き込まれるのが信親会というものだ。

　前身が互助会だけに冠婚葬祭の作法、ことに葬儀の作法や決まり事にはうるさいという話も耳にしたことがある。本当か嘘かは知らないが、葬儀は独特の作法で完全に仕切られるし、香典は全部会に持っていかれるという話だ。

　宗教法人ではないようだが、美久から言わせれば、信親会は新興宗教に近い。玉木典子と川上理絵、二人の第一印象が、会ったことはないのに会ったことがあるような人という感じだったことも、信親会とわかってみれば納得がいく。宗教や新興宗教の勧誘に訪れる二人連れ――彼女らはそれに通じる空気や雰囲気を持っていた。だから会ったことがあるような気がしたのだ。

「お姉ちゃん、私、信親会はご免よ。一切関わるつもりはないから。いかに寛容な悠介さんや大友家の人たちだって、信親会となるとさすがに難色を示すと思うわ。だからお姉ちゃんも関わらないで。信親会のこと、悠介さんは知っているの？」

「知らないわ。何も話していない」

熱心な会員たちが多い一方、信親会にアレルギーを持つ人間たちも多い。美久もその一人と言っていいかもしれない。多数の他人と家族同然のつき合いをすることなど、考えられない。理絵は昼食会と言ったが、ともに食事をするというところから信親会の関係はスタートするようだ。ともに食事をすることから人は親しさを増すし、食卓を囲んで大皿から料理を取り分けて一緒に食事をすることこそ家族というものだからだ。

「川上さんが言っていた昼食会も絶対にご免なら、今後会の人がうちに来るのも絶対にご免」

このところとしては、珍しく美久も強く由紀に言った。これぱかりは譲る訳にはいかない。由紀が怒ろうが怒鳴ろうが構わないという気持ちだった。ことここに至れば、由紀の多少の暴力など怖くない。ところが、由紀は怒るでもなければ気色ばむでもなく飄然としている。そして由紀は悠然として美久に言った。

「あなたってどうしてそう頑なの。信親会のこと、どれだけ知っているの？　何も知らずに撥ねつけることはないでしょう。良い悪いは中身を知ってからでもいいんじゃないの？」

「知らなくても、嫌なものは嫌なのよ」

「会の人がうちに来るのはご免と言うけれど、会の人なら前からうちに来ているわよ」

「え？」

「アンジーよ。彼はパリ支部の副支部長なの」

「…………」

海外にも支部があることは聞いていたが、美久は由紀の言葉に啞然とならずにいられなかった。あのアンジーが信親会の会員。パリ支部の副支部長——。

ナッカがアンジーのことを苦手だと言い、活動家だとか思想家だとか言っていたことを思い出した。あの時美久は、アンジーがゲイ寄りのバイセクシャルだということの方に気を取られてしまっていたが、活動家だとか思想家だとかいうことの方を、もっとナッカに突っ込んで訊いて然るべきだったのだ。美久は改めてそういうことだったのかと、臍を噬む思いだった。アンジーは自分の家に帰れても、あえてうちに泊まっている。他人という垣根をなくす手段としてだ。そう思うとアンジーが憎かった。

「アンジーと出逢って、私も信親会に関する認識を新たにしたの。アンジーは分け隔てがなくて心がきれいで、本当に素晴らしい人よ。私の親友。私の家族」

「家族だなんて言わないでよ！」

思わず美久は語気強く言ったが、それで由紀とアンジーの親しさ、アンジーが平気で家に泊まっていくことにも合点がいっていた。大きな意味での家族だから、アンジーにとっては、ここも家のひとつなのだ。だから平気で泊まっていく。ダークホース。言い方はおかしいかもしれないが、美久はアンジーの顔を思い出しながら、思いがけない落とし穴にはまったような心地になっていた。

「丸ノ内線の新高円寺の駅の近くに会の大きな支部の施設と寮があるの。美久ちゃん、ここを出たらその寮にはいったらどう？」

由紀が言った。寮——まさにひとつ屋根の下、同じ釜の飯を食う同胞という発想だ。

「いやよ。冗談じゃないわ」

美久はぎょっと目を見開いて言った。顔色も顔つきも変わっていたと思う。冗談じゃない——今日何度思ったことだろうという気持ちだった。

「信親会はご免だって言っているでしょ。なのに、どうしてそういうことを言うの？　だいたいこの歳になって寮でなんか生活したくない。部屋なら自分でちゃんと探すわ」

「そう言うけどあなた、まだ引っ越し先を決めていないじゃないの？　美久ちゃんは、誰かが引っ張ってくれなければ動けない娘なのよ」

「そんなことない。探せばすぐに見つかってしまう。そうしたら契約しなくちゃならなくなる。だからまだ探していないだけよ」

　美久は言った。本当だった。今、部屋を探すのはそう難しいことではない。ネットや不動産屋で部屋を探してそこと決まったら、すぐにも契約しなければならなくなる。契約すれば、当然引っ越さなくてはならない。部屋を探すのはぎりぎりでよいと思っていたし、由紀が出ていってしまってからでも構わないと思っていた。一ヵ月や二ヵ月なら、美久には分不相応かもしれないここの家賃も、払えないことはない。三ヵ月、四ヵ月になってもだ。美久にもそのぐらいの蓄えはある。

「とにかく、アンジーとのつき合いも含めて信親会とは関わらないで」

「私の人とのつき合いに、あなたにがたがた口出しされる筋合いはないわ」

「あるわよ。信親会はそういうところだもの。その証拠に今日うちにやってきたじゃない。お姉ちゃんが取り込まれたら、必ず私にも魔の手が伸びる」

「魔の手」驚いたことに由紀は笑った。「凄いことを言うのね」

「まだ入会はしていないんでしょ？」

「ええ、まだ入会はしていないわ」

　その言葉に、美久はほっと救われた思いがした。まだ手遅れではない。

「でも、その方向で考えてる。だからこそ、今日も玉木さんや川上さんをうちに招いて美久ちゃんに会わせた訳で」

「お願い。それだけはやめて。お願いだから考え直して」

「何を大騒ぎしているの？　信親会のこともろくに知らないくせに」

「だから、知らなくても嫌なのよ」

「理由になってない」

「お姉ちゃん、十二年前のこと忘れたの？」

宗教や新興宗教、それに類するような団体……それらがすべていけないとは言わない。信親会も含めてだ。だが、十二年前、美久は嫌な思いをした。それは由紀も一緒だったはずだ。鉄道事故で両親を揃って亡くした――そのことをどうやってだか嗅ぎつけて、いかにも善人面をした新興宗教やキリスト教の分派の団体の人間が、中田家を訪れてきたものだ。美久にしてみれば、不幸の匂いを嗅ぎつけてつけ込んでこようとしたとしか思えなかった。

なかには信親会の人間もいた。例の青少年部長になりたいと言っていたクラスメイトの男子の母親だ。

「何でも相談してちょうだい」

「寂しい時はいつでも遊びにいらっしゃい」

「一緒にご飯を食べましょう」

「あなたたちは二人きりじゃないの。困った時には助けてくれる人たちがいっぱいいるのよ」

…………

彼の母親の口にした言葉が次々と頭に甦った。トラウマという言葉は嫌いだ。しかし美久は、以来、宗教やその種の団体が、前よりも嫌いになった。子供だと思って甘く見ている――。今、思い出しても、彼らが来たことで余計につらさが増したという思いしかない。

「とにかく信親会は絶対嫌」美久は宣言するように言った。「私が入会することはもちろん、お姉ちゃんが入会することも嫌。それは忘れないで」

それだけ言うと、美久はシンクに下げたコーヒーカップもそのままに、自分の部屋に引っ込んだ。

この半年余り、由紀にはさんざん振り回されてきた。が、今回の件は最悪だった。なぜなら今回の問題はその場で終わらない。下手をすると未来に引きずることだからだ。

部屋にはいってベッドに腰を下ろし、少し気を落ち着けると、美久はケイタイを手にした。話すべきか話さざるべきか、迷っている時ではないと思った。悠介にメールを打つ。

〈悠介さま

お話し申し上げたいことができました。

今、お話しできる状況でしょうか。であれば、その旨メールでお返事いただけますか。

今、私は家ですが、家の外に出てお電話させていただきます。

もし今ご都合がよろしくないようでしたら、ご都合よろしい時にその旨お返事ください。

よろしくお願い申し上げます。　美久〉

話すべき人は悠介しかいない。いや、話せる人は悠介しかいない、頼るべき人は悠介しかいない。そんな思いで、美久は送信ボタンを押していた。

3

目の前に悠介のやや苦い顔があった。あまり見ない悠介の表情だった。

新宿御苑駅近くの「セギディーリャ」、スペイン料理の店に来ていた。ここも以前由紀と三人で来たことがある。しかし今夜は悠介との二人きり。

会う前、悠介とは二度電話で話をした。一度目は玉木典子と川上理絵がやってきた時、二度目は信親会の件で悠介が由紀と話をした後のことだった。が、電話ではやはり埒が明かないということになって、こうしてまた会う段取りになった。

「『花居』もちょっと飽きたし『セギディーリャ』にしよう」

言ったのは悠介だ。「セギディーリャ」もこぢんまりとして雰囲気がよく、落ち着ける店だ。

テーブルの上には赤ワインのグラスと生ハムの盛り合わせ、エスカルゴのガーリックソース、小海老のアヒージョ……スペイン料理店らしい料理が並んでいる。だが、それが、美久の目にはどこかよそよそしいものに映っていた。それは悠介にしても同じかもしれない。

「信親会？」

電話で最初に報告した時だ。悠介はそれだけ言うと絶句した。悠介としてもまったく予想していないことだったに違いない。

「今日、信親会の婦人部の人が二人家に来たんです。それにアンジーも信親会のパリ支部の副支部長だってお姉ちゃんが——」

動揺して美久もつい姉ではなくお姉ちゃんと言っていた。

「困ったな」

しばし沈黙した果て、電話の向こうの悠介は言った。実際はそう長い沈黙ではなかったのかもしれないが、ふだんの悠介が明快な分、その沈黙が、美久には少し長いものに感じられた。

「この半年、突如として変貌してしまった由紀さんに、それなりに翻弄されてきた。でも、これまでは、言い方は少しおかしいかもしれないけれど、由紀さんと僕との間で完結する問題だからべつによかった」

むろん解決をみたということではない。つまりは、悠介が譲り我慢すれば済む問題だったということだろう。予定通りであれば、悠介は年明けには先に新居となるマンションに移っているはずだった。それも内装がどうの家具がどうのという由紀のわがままだか気まぐれだかで遅れていて、もう二月も下旬になろうというのに、悠介はまだ元の広尾のマンションにいる。それひとつとっても、悠介が充分譲歩し我慢してきたことがわかる。

「でも、信親会は違う。信親会は困る」

悠介は言った。きっぱりとした口調だった。

「そうですよね。私も信親会は困ります」

「うちは両親、ことに母親が信親会には否定的でね、婦人部なんて言葉を耳にしただけでも眉を顰めるぐらいで」

程度に違いはあるかもしれないが、美久も同じだった。青少年部、青年部、婦人部……たくさんだった。

過去、銀画材にも信親会の会員がいて、布教に近い行為や選挙協力の活動もどきをして困ったことがあったらしい。

「社を辞めてもらうのにも苦労した」

相手が問題ある団体、たとえばカルトの人間だったり、あからさまに政治活動をしているというのであれば責めようも戦いようもある。しかし、信親会はカルトではないし、所属しているのも過激な人間ではなく、基本的に穏当な善人だ。だからかえって扱いに困る。

「だけど、何だって信親会なんかに――」

「アンジーが発信元かもしれません」悠介の嘆きを受けて美久は言った。「姉はあの人のことをべた褒めですし、今ではほかの誰よりも親しくしていますから」

「アンジーか」

悠介が呟いた。唾棄とまではいかなかったが、悔やむような苦い口調だった。

「僕がよくなかった。由紀さんとアンジーとの関わりに気づいた時、嫉妬と思われてもつき合いを止めるべきだったしやめてもらうべきだった」

「私も甘かったというか、反省しています。あの人が家に泊まったりすること、もっと姉に文句を言ってやめさせるべきでした」

由紀はそういう種類のことで、他人に影響されるとは思えない人間だった。でも、今回はアンジー以外に由紀に影響を及ぼしたと思える人物が見当たらないし、彼がある意味特殊であるがゆえに心を許したとしか思えなかった。

「美久ちゃん、由紀さんはまだ入会した訳ではないんだよね？」

確認するように悠介が言った。

「はい。その方向で考えているとは言っていましたが、入会はしていないとも言っていました」

「じゃあまだ間に合う。僕から由紀さんに話してみるよ。由紀さんに、美久ちゃんから聞いたと言っても構わない？」

「構いません」

美久は言った。迷いはなかった。

「たとえ姉に叱られても詰られても、姉が信親会の会員になるよりはずっとマシです。悠介さん、何とか姉を止めてください」

「わかった。じゃあ、由紀さんとよく話してみて、それからまた美久ちゃんに連絡するようにするよ」

一度目の電話はそんな感じで終わった。そして二度目の電話は悠介が由紀と話した後だった。

「参った。由紀さんと話したけれど、由紀さんは聞く耳持たない」悠介は言った。「逆に、信教の自由は基本的人権のひとつとして憲法でも保障されているとか、そもそも信親会は宗教でもない。ただ互助会にはいるだけのことにどうしてそうも大騒ぎをするのだとか言って、自分は入会するつもりだと頑強に言い張って聞かない」

悠介の言葉を聞いて美久は「まただ」と、思わず溜息を漏らした。正論らしきことをふりかざして論点をずらす——由紀が変わってしまってからの得意技というか常套手段だ。

信親会だけがいけないと言っているのではない。一般的な仏教徒である大友家にはいるのだから、それとぶつかる要素を持っている団体は、たとえ互助会であっても困るのだと悠介は言ったようだ。けれども、由紀は、宗教ではないのだからぶつかる要素はないと言って譲らない。

「父も母も信親会は嫌いなんだよ。問題の種をわざわざ持ち込まないでほしい」

過去の例も挙げて悠介は由紀にそうも言ったようだ。しかし由紀は言った。

「お父様やお母様には、段階を追って徐々に理解していただければいい問題だわ。お父様もお母様もいずれわかってくださるわよ」

いかに段階を追おうが時間をかけようが、彼らの理解は得られない。それがわかっているだけに悠介も困っている。礼一や峰子だけではない。悠介自身、信親会は嫌いだし理解できないからやめてくれと言っている。それもまた時間が経っても変わることはない。

　汝の隣人を愛せよ——縁を得た他者を家族のように思って大事にするという博愛精神は、百歩譲って理解してもいい。その精神は尊いと言えるかもしれない。けれども、それとアンジーたち信親会の人間を家族同様に家に上げたり泊めたりするという具体的行動との間には、やはり大きな距離と乖離がある。他人は他人、それが世の常識だ。

「やっぱり発信元はアンジーだね」悠介は美久に言った。「アンジーは言ってみれば女友だちだし、今では実の姉妹のように大事な人だと由紀さんは言っていた」

　それを聞いて、美久は反射的に眉根を寄せていた。その時、美久が感じたのは一種の嫌悪だった。由紀とは二人きりの姉妹としてこの十二年肩を寄せ合ってやってきた。なのにアンジーが実の姉妹——。

「この問題だけはスルーできない。美久ちゃん、会えないかな。会って由紀さんの決心を覆すための相談がしたい」

　そんな経緯があって、今日悠介と「セギディーリャ」で顔を合わせるに至った。美久によい知恵がある訳ではないが、一人で考えていてもしょうがない。二人で話せば何か出口がみつかることもある。そんな淡い期待を抱いてのことだった。

「良くも悪くも、やっぱりアンジーがキーパーソンだと思います」無い知恵を絞って美久は悠介に言った。「今後、アンジーがうちに来ても、泊めることはもちろん、家にも上げないようにします」

「由紀さんが納得するかな」

「何としても帰ってもらいます。で、姉にはアンジーとのつき合いは断ってくれるように頼んでみます。姉がどう言おうと」

本当に美久は、由紀に人種差別だと罵られてもぶたれても蹴られても、今後アンジーは家に上げない決意だったし、拒絶する覚悟だった。何が実の姉妹だ、大事な人だ、と実のところ内心怒りも覚えていた。由紀の実の妹はこの私だ、この私以外にあり得ない、それなのに――。

「それに、私も引き続き姉に入会しないよう強く言いますし、場合によっては叔母たち親戚にも相談して姉を止めてもらいます」

「親戚から？　逆効果にならないかな」

「わかりません。でも、私一人では説得できないとなったら仕方ありません」

脳裏には、敦子の顔が浮かんでいた。敦子に懇々と諭してもらえば、風向きも少しは変わるのではないか……いや、今の由紀の頑強さを考えると、その希望も儚（はかな）いものに思える。でも、ほかにどんな方法があるだろう。

「僕も一度アンジーと話してみるよ」悠介が言った。「由紀さんの夫となる人間として、彼との由紀さんのつき合いは認めることができないし、由紀さんが信親会にはいることも認めることはできないって」

「悠介さんがアンジーと……」

「いかに由紀さんが女友だちだと言っても、男は男だ。男同士で話し合ってみる。彼も信親会も由紀さんのしあわせのためにならないことを、僕なりの言葉で説明してみるよ。もちろん、僕も由紀さん本人に対する説得も続ける。とにかく信親会は困る」

「………」

「それにしても、由紀さんはどうしてこんなにも変わってしまったのかな」

「それなんです」

「僕たちはずっとその迷路のなかにいるね」

いまさらのようにそれを話す。うまくアンジーを遠ざけ、由紀を説得できるか自信が持てないだけについつい思いがそこにいってしまう。

「あの六月の旅行は何だったのか……今でも時々思うことがあります」

「そうだね。由紀さんが変わったのは、あれ以来のことだものね」

これまたいまさらだった。その旅がどういうものだったのか、時間が経ってしまった今となっては余計に探れない。それだけに、ここで言ってみたところで始まらない。

創立記念パーティーの話にもなった。

「あの二時間余りの由紀さんは、まったく元の通りの由紀さんだった。僕は何だか懐かしいような思いだったよ」

「私も久しぶりに元の姉を見たような気持ちになりました。お姉ちゃん、装えるんですよね。……装えるということは、やっぱり病気ではないということでしょうか」

「うーん、どう考えていいものか……」

その時だ。不意に人影がテーブルに近づいてきて、「やっぱりね」という言葉が頭から降ってきた。反射的に顔を上げて上を見る。

由紀だった。色のない顔にまなじりをつり上げた怖い表情をしていた。

「由紀さん」

「お姉ちゃん」

悠介と美久はほぼ同時に言っていた。

今夜「セギディーリャ」で会うことは、由紀には内緒だった。由紀が密談を疑ったとしても、「花居」で見つかったのならまだわかる。しかし、どう嗅ぎつけたのか、鬼の形相で「セギディーリャ」に現れたことが恐ろしかった。

「また二人で密談だ」立ったまま由紀は言った。「どうせ私がどうかしているとか病気だとか、そんなことを言っていたんでしょ？　何せあなたがた二人は結託して、私を狂人にしようとした人たちだから」

「誤解だよ。僕らは由紀さんを狂人扱いなんかしていない」

「病院に連れていったじゃないの」

「それはお姉ちゃんの変わりようがあんまり極端だったから……」

「あんたは黙りなさい！　悠介さんのスパイ！」

由紀は美久に向かって怒鳴って、真上から手で頭を叩いた。悠介が腰を浮かせて庇うように手を伸ばすと、由紀はその手もぱしりと叩いた。

「あなたたちの話なんか聞かなくてもわかる。また私を狂人にして、無理にでも信親会から引き離そうとしているんでしょ？　今夜はそういう相談でしょ？——ふん、図星ね。あなたたち、私を病院送りにでもするつもり？」

「由紀さん、落ち着いて」悠介が言った。「たしかに信親会は困るという相談はしていた。でも、誰も君を狂人にしようだなんて思っちゃいないし、病院に連れていこうだなんて相談もしていないよ」

「誤魔化しても無駄よ。私には何もかもお見通しなんだから！　二人して何？　本当に失礼な人たちね！　人を侮辱するにもほどがあるわ！」

そう言うと、テーブルの上の赤ワインのグラスに手を伸ばし、由紀はそれを美久に浴びせかけた。

由紀の顔はますます尖って鋭いものになっていた。瞳が冷たく燃えている。こうなると何を言っても宥めることはできない。瞳の炎は狂気の色を帯びている。

「あんたは悠介さんの婚約者でも恋人でもない。なのにお洒落をしちゃって、どういうつもり？」

「…………」

「何であんたが悠介さんと二人で会ってるのよ！」

鬼気迫る顔で由紀が言う。過剰ではないが、お洒落をしてきたことは事実だった。それだけに、美久は何も言えずにやや視線を落とした。

「悠介さんも悠介さんよ！　あなたは私の夫になる人でしょ？　なのにこそこそと。私は我慢ならないわ！」

由紀は悠介にもエスカルゴを手摑みにして投げつけた。服にオイルの染みが広がる。

「由紀さん、とにかく落ち着いて。一度席に坐らないか。坐って気を落ち着けて、静かに話をしよう」

「あなたたちと話すことなんかないっ！」

由紀はそれだけ言うと、くるりと背を向け、つかつかと店の出口に向かった。

「由紀さん、ちょっと待って」

悠介が席を立って追いかける。美久は一度腰を浮かせかけたが、脱力感、無力感の方が大きく、再び椅子に坐り込んでしまった。ぼんやりとしながら、ワインで汚れた服をお絞りで拭う。周囲の客や店の人間の目を気にしているだけの気持ちの余裕はなかったが、耳目を集めていたことは間違いあるまい。周囲の目には、とんだ痴話喧嘩か不倫の修羅場、そんなふうに映っていたことだろう。

ちょっとすると、悠介が一人で戻ってきた。

「駄目だ。由紀さん、車で来ていて、車に乗り込んで凄い勢いで帰ってしまった」

心なしか項垂(うなだ)れて悠介は言った。

「悠介さん、ごめんなさい。たぶん姉は私のケイタイを見たんだと思います」

美久は言った。いくら勘がいいとはいえ、自然と「セギディーリャ」と日時を嗅ぎ当てたとしたら超能力者か魔女だ。だから、ケイタイを見たということよりほかに考えられなかった。

「私が悠介さんのメールを残しておいたから。私の注意が足りなくてこんなことになって申し訳ありません。悠介さん、服も汚れちゃって……本当にごめんなさい」

「美久ちゃんが謝ることじゃないよ」悠介は言った。「服が汚れたのはお互いさまだし、怪我をした訳じゃない。――美久ちゃん、大丈夫？」

「私は大丈夫です。あの、悠介さん、ずうずうしいお願いですけど、あんな姉でも変わりなく愛していただけますか。お嫁にもらっていただけますか」

気づくと、思わず美久は言っていた。縋るような顔と声の調子になっていたと思う。悠介も、由紀の瞳に狂気の色を見たはずだ。それだけに、確かめずにはいられなかった。

「由紀さんに対する僕の気持ちは変わらないよ」

かろうじて悠介は言ってくれた。

しかし、「もちろん」と笑顔で請け合うようないつもの悠介ならではの明快さはさすがに窺えなかった。

4

『中央高速、大月ＪＣＴで死亡事故
二十日午後十時二十分頃、中央高速道路、大月ＪＣＴ（山梨県）の分岐点で乗用車が壁に激突。乗用車は大破し、運転していた女性がその事故によって死亡した。死亡したのは、都内杉並区在住の中田由紀さん（32）。大月警察署は、事故原因を中田さんのスピードのだし過ぎによるハンドル操作の誤りとみて調べを進めている。大月ＪＣＴでの今年の死亡事故は今回が初めて。』

5

通夜、葬儀を済ませた。

喪主は頼りないながら美久が務めた。

納骨も終わった。

新緑の季節が近づく頃に大友家に嫁ぐはずだった由紀は、桜の季節に多磨霊園の中田家の墓、その冷たい石の下に納まった。

納骨からもあっという間に半月近くが経った。ぼやぼやしていると百箇日がきてしまう。人が死んだ直後というのは、そんなふうにして時が流れていくものなのかもしれない。

事故が起きたのは、由紀がいきなり「セギディーリャ」に現れて、ヒステリックに怒鳴り散らして車を飛ばして一人帰ってしまった晩のことだ。由紀はどこに行こうとしたのか、ともあれ中央高速に乗って山梨方面に向かったようだ。その果ての大月ＪＣＴでの激突事故。

由紀は車の運転がうまい。滑らかなハンドル捌きで流れに乗ったスムーズな運転をする。その由紀がスピードのだし過ぎによってハンドル操作を誤っての交通事故……美久には信じられない思いだったが、あの晩の由紀はふつうではなかった。あのまま猛り狂った勢いで車を運転していたとすれば、事故はあり得ないことではなかったかもしれない。現実に事故は起きてしまったのだから、そう理解するよりほかになかった。

由紀が死んだ。
この世から消えた。

この一ヵ月半余り、美久はただ茫然とし、悲しむことすら忘れているようなありさまだった。悪夢なら、八ヵ月前から始まっていた。その悪夢の結末がこれかと思うと、そろそろ本格的な春だというのに、真冬の空気のなかに身を置いているかのように背筋や腕が寒かった。
「最愛のお姉さんをこんなかたちで失って……正直私、何て声をかけたらいいのかわからない」真実は美久に言った。「何の力にもなれないのが自分でも情けないけど、私にできることがあったら遠慮なく言ってね。遺品の整理は思い出がある分つらいって言うし他人の方がいいとか聞いた。私でよかったら手伝うわよ」

聞いていて、このところの事情を何も知らない真実だからこその言葉だと、美久はぼんやり思っていた。当然真実は、美久が最後に見た由紀の顔が、まなじりをつり上げた尖った夜叉の如き顔だったとは思ってもいない。この八ヵ月、冷えた顔か尖った怖い顔か、どちらかしか見てこなかったから、由紀を思い出すと、そちらの顔の方が勝手に美久の脳裏に浮かんでいる。お姉ちゃんはそんな顔した人じゃなかったのに……それが美久は悲しかった。

遺品もいずれは整理しなくてはならないと思い、すぐに片づける気はなしにクロゼットを開けたが、そこにあるのも変わって以降の由紀の服ばかりで、思い出を想起させたり涙を誘うものはほとんど見当たらなかった。ヴィトンのバッグなどは昔からのものだが、巷でよく見る品なので由紀の匂いは薄い。

警察から連絡を受けた時、まず美久が陥った状態は信じられないという非現実感だった。続いて、心の奥底に、ああ、これで嵐は終わったのだという思いが芽生えた。そのことに、正直美久自身が驚いた。美久は、この八ヵ月、由紀に翻弄されて心身が疲弊していたことを改めて感じると同時に、自分のなかに潜む冷たさを覚えた。ほかでもない、唯一の肉親であり一緒に生活してきた姉である由紀が死んだのだ。半狂乱になって泣き喚いたとしても不思議はない。というよりも、それがふつうだ。ところが、美久は心密かに嵐の終わりを感じたりしている。

「由紀ちゃんが死んじゃうなんて……。もうすぐいいとこのお嫁さんになるはずだった由紀ちゃんが。どうしてこんなことになっちゃったの……」

叔母の敦子は泣きじゃくったが、美久は敦子のように泣けなかった。悲しみは、もっと後からやってくるのだろうか。美久の心を占めていたのは、悲しみよりもぼかんとしたような空白だった。

葬儀にはアンジーや玉木典子、川上理絵も姿を見せたが、美久は彼らの焼香を拒んだ。彼らと出逢ったがゆえに由紀が変わった訳ではない。しかし、最後に駄目押しのように厄介ごとを持ち込んできた彼らがやはり憎かったし、死んでいった由紀にもう一ミリも関わらないでもらいたかった。そして今後自分に接近されるのも絶対にご免だった。

「お焼香しないで帰ってもらうって、あの人たちと何かあったの？」

敦子は低声で美久に尋ねた。

「ちょっと事情があって」

美久はそれしか言わなかった。

険しく尖った恐ろしげな顔だったが、由紀の最後の顔を見たのは美久と悠介だ。この八ヵ月、すっかり変わってしまった由紀に、当事者として翻弄されてきたのも美久と悠介だ。悠介だけが真の事情を承知している人間と言っていい。それだけに、美久は誰と話すよりも悠介と話をすることで救われた。悠介には何も嘘をつく必要はない。隠し事をする必要もない。その解放感が心を癒してくれた。事故後警察署に向かう時も、事故で壊れた遺体と対面した時も、通夜や葬儀の時も四十九日の納骨の時も……美久の傍らには悠介がいた。いまや美久にとって悠介は、都合九ヵ月、共通体験をした同士のようなものだった。

それは悠介の側にしても同じ……と言ったら、美久の勝手な思い込みか、さもなくば思い上がりになるだろうか。だが、悠介は実にまめに連絡を寄越し、美久を気遣ってくれた。そのやさしさにひとりぼっちとなった美久は甘えた。悠介がいなかったら、美久は由紀が生きていた頃の八ヵ月も、亡くなってから今日に至る一ヵ月半余りの日々も、きっと乗り越えることができなかったろう。

今日も悠介と夕飯をともにする約束をしていた。美久が遠慮して尻込みをすると悠介は言う。

「美久ちゃんの顔を見ないと、僕の方が安心できないんだ。だから、僕のわがままにつき合うと思って」

悠介は、誘い方にも、そんな心配りを見せる。

会う店も、「セギディーリャ」は言うまでもなく、これまで由紀と行ったことのある店は避けてくれている。「花居」もだ。「セギディーリャ」には今後二度と行くことはあるまいと、美久も思う。

「美久ちゃん、変わりはない？」

顔を見ると悠介は言った。毎日のように電話やメールのやりとりをしているというのにだ。

「変わりはありません。事務的な手続きもだいたい終わって、後は相続の手続きをすればいいぐらいになりました」

人一人が亡くなると、年金、保険、各種契約会社、銀行……届けや解約、種々の事務的な手続きが生じる。通夜、葬儀は怒濤に流されるように済んでしまい、その流れに乗るように四十九日と納骨も済ませ、美久は感情を伴わなくていいそうした事務手続きをおおかた済ませた。車は例の事故で廃車処分になった。もうすぐ由紀の三十二年の人生が畳まれる。

それでいて、まだケイタイの解約はできずにいる。ケイタイを解約してしまうと、本当に由紀のこの世の痕跡が消えるようで躊躇（ためら）われるのだ。その癖、由紀のケイタイが鳴った時は全身に電気が走ったようにどきりとなった。見るとナッカからだった。ほかのクラブ仲間の姿はなかったが、ナッカは通夜にも姿を見せていた。

「ああ、よかった、まだ通じて」ナッカが言った。「僕、妹ちゃん――美久ちゃんだったね？　美久ちゃんのケイタイ知らないから」

このまま縁が切れてしまうのも寂しいとナッカが言うので、ラインのＩＤまでは交換しなかったが、美久は自分のケイタイ番号とメールアドレスを教えた。

「ちょっと変わった人だったけど、僕はマリーと知り合えて楽しかったよ」

ナッカは言った。同じ八ヵ月ほどの間、戸惑い悩まされ苦しんだ人間がいる一方、ナッカのように楽しかった人間がいるということが、美久には少し不思議だった。

「美久ちゃん、今のマンション、引っ越すの？」

目の前の悠介が美久に尋ねた。

「引っ越します」美久は小さく頷いて言った。「でも、半年か……もしかするともうちょっと長く今のところに住んでいるかもしれませんけど」

由紀が亡くなったことで、例の〝基金〟も自由に使える。急いで引っ越しをする必要はなかった。相続の手続きと遺品の整理をゆっくり済ませ、それから引っ越し先を探すつもりだった。

何なら二、三年、住み続けていられないこともないのだ。けれども、紀明と留美が亡くなった時と同じだった。あの部屋には由紀の気配が溢れている。だから逆に、会社が休みの日など、一人身を置いていると湿っぽい孤独とうすら寒さを覚える。二度と由紀があの部屋に現れることはないとわかっているからだ。それに、由紀に言われていたので、美久も多少は荷物を減らす作業をしていた。引っ越す決心は由紀が亡くなる前にすでにできていたと言える。

「どの辺りを考えているの？」

「本当は住み慣れた土地だし好きな街なので、西荻窪を離れたくないんです。でも、それでは引っ越す意味がないので、中央線沿線か井の頭線沿線か……その辺りで引っ越し先を探すつもりでいます」

「そうか……」

井の頭線には実家があった三鷹台の駅がある。東京の東には向かわず、土地勘のある西の地域での引っ越しを考えている自分が、自らのテリトリーから外に出られない気弱な犬にも思えた。が、それが自分なのだから仕方がない。

「悠介さんは？　恵比寿のマンションはどうなさるんですか」

「売ることに決めた。肝心の由紀さんがいなくなってしまったのに、僕一人あそこに住む気持ちにはなれないから」

「そうですか。時間をかけて探したマンションだけに残念ですね」

「そうだね」

これがすでに悠介が先に入居していたとなれば、話もまた違ってきていたかもしれない。だが、由紀があれこれゴネたせいで、まだ悠介は広尾のマンション暮らしのままだ。恵比寿ではまだ誰も暮らしていない。内装は多少いじってしまったかもしれないが、言ってみれば新品同様、それほど損をすることなく転売できるのではないか。まあ、金にはまったく困っていない悠介には、少々の損など関係ないかもしれないが。

食事をしながらそんな話をしていて、美久はちょっと奇妙な気分になっていた。

由紀が迫ったから、美久は引っ越しの覚悟を決めていた。由紀がゴネたから、悠介は恵比寿のマンションへ入居するのが遅れて引っ越しができなかった。由紀が消えた今となっては、そのことがある意味幸いしている。何だか由紀の死と不在というゴールが先にあって、悠介と美久はかたちこそ異なれど、そのレールに従って歩んできたし歩んでいこうとしている——そんな気分だった。

「残る大仕事は、やはり由紀さんの遺品の整理と処分だね」

悠介は、フォークでベビーリーフを上手に生ハムで巻き取りながら美久に言った。こうした食べ方、仕種にも、悠介には英則になかったスマートさがある。

「つらい作業になると思うけど、自分でやるつもり？」

「はい」美久は小さく頷いた。「だいたいのものをまとめて、自分で処分できるものは処分して、後は業者の人に頼んで処分してもらうつもりです」

「美久ちゃんは、これまで僕が思ってきたよりもしっかりしているし強いね。由紀さんが亡くなってから、僕はそのことを実感した」

「いいえ、そんなことはありません。今まで何もかも姉に任せきりで、私はその後をついてきただけでしたから」

「いや、強いよ」

しっかりもしていなければ強くもない。悠介が見てくれているという思いがあったからこそできたことだし、自分でも思ってもみなかった冷たさがあるからできることだった。

『地震の後のあの大津波……悲惨としか言いようがないよね。でもさ、ここだけの話、介護に手を焼いていた寝たきりの老人やろくでなしのDV亭主が流されて、涙を流しながらも心のどこかで安堵している人もいるんじゃないかな』

東日本大震災の後、真実が言ったことだ。その時は、内心、何と酷いことを言う人だろうと、美久は真実の神経を疑った。しかし、わずかばかりとはいえ、美久にもこれでもう由紀に振り回されることはないのだという気持ちが生じたことは否定できない。あの狂気の炎を湛(たた)えた瞳で睨(ね)めつけられることももうない。十二年、両親が生きていた時も加えるなら二十八年、由紀に慈しまれ守られてきたというのに、たった八ヵ月で音を上げてしまった自分に、美久は冷たさと弱さを覚えていた。しっかりしているどころか、美久は弱くて自分本位な人間だ。だが、それを悠介に告白する勇気は美久になかった。

「部屋探し、何なら僕もつき合うよ」悠介が言った。「予算もあるだろうけど、美久ちゃんは若い女の子だ。セキュリティがしっかりしたマンションを選んだ方がいいよ。信頼できる不動産屋を僕が紹介してあげてもいいし」

心配りが行き届いていて、どこまでもやさしい人だと思う。部屋探しで悠介を頼るつもりはないが、そこまで言ってくれる人がいるというのは心強かった。悠介ならどんな相談にも乗ってくれることだろう。

（こんないい人をどうしてお姉ちゃんは……）

散々振り回して苦しめたのか――ついつい思ってしまう。それも由紀が死んでしまった今となっては解き明かしようのない謎となってしまったが。

（一緒に吊り橋を渡った）

美久は心で思った。

（だから余計に悠介さんに魅かれている）

吊り橋理論――ともにはらはらした共通体験の感情を、恋の感情と混同する。今はある意味そんな特殊な感情のなかにあるが、いずれは関わりを断たねばならない相手だということもわかっている。でも、美久は、今はまだ、悠介との関係を断ちたくなかった。もう少しだけ悠介と一緒にいたかった。

6

遺品の整理は大変だという。亡くなった人間や周囲の人間が死期を承知していた場合と、由紀のように突然亡くなった人間とでは違いがあるだろうが。前者の場合はどこに何があり、どこの金融機関にどれだけの預金があるかなどを、死を迎える前に伝え得るし確認し得る。後者の場合はそれができない。その違いで、思い出ある品の整理がつらいということは同じだろう。どうあれ何十年間かのその人の人生と生活を畳むのだから、大変は大変に違いない。

しかし、由紀の場合はそれが思ったよりも楽だった。

それというのも、通帳や印鑑の置き場所や使っている金融機関、口座番号や銀行印、それから保険等契約している機関を記したノートが、大切なものを入れておく抽斗(ひきだし)にきちんとはいっていたからだ。美久はそれを頼りに作業をすればよかった。

服やバッグ、小物なども、由紀が豹変して以降、自分でどんどん始末してダコタ・ラ・ベールをはじめとする新しいものにしてしまったので、処分するに当たっても心の痛みが小さかった。ダコタ・ラ・ベールの品は新しかったが、美久が着るような服ではない。売れば売れないこともなかったかもしれないが、前に由紀が自分が着ていたものを誰かが着ているのは我慢ならないと言っていたのを思い出し、みんな処分することにした。困ったのは指輪やネックレス、時計……貴金属の類だったが、まずはそれらは処分せずに残すことにしてべつにした。どれかは由紀の形見とするつもりだった。悠介から贈られた婚約指輪と時計は、返すべきなのかどうか迷ったが、それはいったん棚上げにして、後で考えることにした。返すにしても返し方というものがマナーとしてあると思ったからだ。いずれにしても、美久も遠からずマンションを出るつもりなので、狭くなるであろう引っ越し先に由紀のものまでは持っていけない。だから美久は、ある日を境に粛々と思い切った整理と処分を始めた。

「えらいね。美久、自分でやってるんだ」

真実には言われたが、由紀はもともと整理がよく、几帳面な性質だったので、その分苦労が少なくて済んだ。それでも、終わりそうでいて終わらないのが遺品整理というものかもしれない。

小抽斗を開けた時だ。前にも一度開けたはずなのに、その時は気づかなかったものを美久は見つけた。カードケースだ。目にはしたけれどすぐに確認する必要のないものと見過ごしていたのかもしれない。ケースには、歯科や内科といった病院の診察券、ポイントカードなどが収められていたが、一枚一枚見ていくと、なかに、目と手を止めざるを得ないものがあった。

一枚は、信濃町の慶明医大病院の診察カードだった。いま一枚は境北病院の診察カード。

両方とも美久は知らない。いや、慶明医大病院は有名な病院なので、当然名前は知っているが、由紀の口から聞いたこともないし、由紀がかかっていたとは知らなかった。しかし、両方ともキャッシュカードのような診察券だが、ナカタユキのふりがなつきで中田由紀と印字されているから由紀のものに間違いない。それぞれ患者番号も印字されているが、初めにかかった日にちまでは記されていないので、いつ作成されたものかまではわからない。だが、診察カードがある以上、由紀が一度はそれらの病院にかかったことは事実だろう。由紀はそれをなぜ美久に言わなかったのか。

（何で慶明医大病院？）

少し眉根を寄せて美久は手のなかのカードを見た。

（それに境北病院って？）

境北病院の診察カードを裏返すと、武蔵野市境一丁目の住所と電話番号が記されていた。

パソコンを立ち上げ、境北病院を検索する。

ＪＲ中央線武蔵境駅から徒歩三分のところにある中規模病院だということがわかった。ホームページを見た限りでは、内科のほか、小児科、外科、整形外科があり、病床数はそう多くないものの、入院施設もある地域密着型の中規模病院という感じがした。喜多苑という老人施設も併設しているようだから、半分は、地域の老人病院だろう。その程度の規模の病院ならば西荻窪にもある。風邪を引いたりお腹を壊したりした時などは、由紀は西荻窪のその病院に通っていた。さもなくば、銀座の七曜画廊の近くにあるクリニックだ。

(それが何で境北病院? 武蔵境?)

武蔵境といえば、アンジーだ。由紀はアンジーに紹介されて境北病院にかかったのか。でも何で?――

美久は二枚の診察カードをデスクに置いたまま、視線をぼんやりとパソコン画面に投げだした。でも、その目はもはや画面を見ていなかった。

慶明医大病院と境北病院、二枚の診察カードが見つかったということは、由紀が何かしらの病気だったということを意味していないか。ことに慶明医大病院にかかっていたことが気になる。

(お姉ちゃん、病気だったの? 病気っていったい何の?……)

ただ診察カードを手にして首を傾げていても始まらない。美久はまずは慶明医大病院を訪ねてみることにした。

患者で溢れる慶明医大病院に行ってみたが、今は個人情報保護の壁がある。かかっていた姉の由紀が死亡した旨と、自分は唯一の肉親である妹で、由紀の病状について知りたくてきたのだと説明したが、一日目は由紀がたしかに死亡した証拠、美久が事実由紀の妹である証明がないということで、ほとんど門前払いの状態だった。だから美久は、次は戸籍謄本を取り寄せて、自分の免許証も持ち、慶明医大病院の相談窓口を訪ねた。

結果、第二内科の佐々木旨宏（ささきむねひろ）という医師が由紀の担当医とわかったが、患者の対応で忙しいのだろう、改めて面会のための予約を取らねばならず、佐々木に会えるのは、二週間後ということになった。

「二週間後ですか……」

美久が呟くと窓口の女性は言った。

「それでも早い方ですよ。ああ、おいでになる時は、お姉様の診察カードと今日お渡しした予約票をお持ちになるのを忘れないようになさってください」

長い二週間だ——美久は思った。謎を抱えたままの二週間は長い。と同時に、佐々木という担当医がいた以上、それがどんな病気かまではわからないが、やはり由紀は病気だったのだという思いも強くした。

家に帰ってまたパソコンで検索し、慶明医大病院のホームページを開く。調べてみて、第二内科は悪性新生物等を扱う科だということがわかった。

(悪性新生物……がん？……)

それを知って、美久には佐々木に会えるまでの二週間が、ますます長いものに思えた。由紀は、そんな恐ろしい病気に冒(おか)されていたのか。考えてみるが、やはり考えたところでわからない。二週間待って佐々木に会ってみなければ何ひとつ詳(つまび)らかにならない。もどかしかった。

その合間に、美久は一応、境北病院も訪ねてみた。境北病院は慶明医大病院よりはうるさくなく、あれこれ訊かれたしずいぶん待たされはしたものの、最初の訪問で内科医であり院長でもある野上栄太(のがみえいた)に会うことができた。

「そうですか。中田由紀さんは事故でお亡くなりになったんですか」見たところ五十代前半といった感じの院長の野上は、静かな口調で美久に言った。「お悔やみ申し上げます」

「あの、姉はどうしてこちらの病院にかかっていたのでしょう？　何の病気だったのでしょうか」

単刀直入に美久は尋ねた。慶明医大病院の科が科だ。悪い答えを想像していた。ところが、野上は言った。

「慢性疲労症候群です」

思いがけない言葉だった。由紀は、強い疲労感が取れないし食事もとれないことがあるから点滴を打ってほしいと、時々境北病院を訪れていたのだという。

慢性疲労症候群、点滴——野上の言葉に、美久は正直拍子抜けした。

「もっと大きな病院で精密検査もお勧めしたのですが、それはすでに慶明医大病院の方で済ませたということでしたので、うちではひと通りの血液検査しかしていません。貧血はありましたが、その他の異常は見当たりませんでしたが」

「あの、腫瘍マーカーは？」

「それに関しては調べていません」

「そうですか。どうもお世話になりました」

拍子抜けしたまま、野上に礼を言って境北病院を後にしたが、帰る道々、そんなことはない、だったら由紀が慶明医大病院にかかっているはずがないという思いが自然と強まっていた。やはり二週間近く待たねばならないのか。でないと由紀の病気のことは少しもわからないのか。帰り道、美久は焦れるような心地だった。

由紀が亡くなってからというもの、何でもと言っていいほど話してきた悠介にも、美久はこのことは告げなかった。まだ真実は明らかになっていない。明らかになるまでに二週間近くある。妙な心配をかけてはならない。そして、それよりも何よりも、なぜだか悠介に話してはいけないという意識が美久のなかで働いていた。このことは、悠介さんには言わずに黙っていなくては――。

由紀が境北病院にかかったのには、まず間違いなくアンジーが関係しているだろう。その思いとともにアンジーの顔が脳裏に思い浮かんだが、アンジーに連絡することは躊躇われた。信親会パリ支部の副支部長――できれば近づきたくない相手だったからだ。

その代わりにと言ってはおかしいが、美久はナッカに電話を入れた。ナッカならば何か知っているかもしれないと思ったし、それを期待してのことだった。

「え？　マリーが病気じゃなかったかって？　それどういう意味？」

美久の突然の質問に、ナッカは言った。声の調子からして、思いがけない質問だったようだ。

「姉の持ち物から知らない病院の診察券が二枚でてきたんです。だから、姉は、ひょっとして具合が悪かったのかなと思って」

美久は言った。

「うーん、ふだんは元気そうだったけどね。でも、そう言われてみれば……」

ナッカたちが最後に行くのが六本木の「フェブリエ」というバーだったという。それまで陽気にしていた由紀が急に言葉少なになって、一人カウンターに頬杖（ほおづえ）を突いて手に顎をもたせかけるようにして坐り込み、気が抜けたようになっていたことが時々あったらしい。

「もともと気まぐれな人だからね、あんまり気にしなかったけど。そういう時マリーは『マイファニー バレンタイン』をリクエストしてね、凄くアンニュイな感じでゆるゆるグラスを傾けていたっけ」

表情を失った由紀が、カウンターに頬杖を突いて「マイ ファニー バレンタイン」に耳を傾けながら酒を飲んでいる姿が思い浮かんだ。「マイ ファニー バレンタイン」——スローで暗い曲調のジャズボーカルの曲だ。アンニュイとナッカは言ったが、美久には何だか酷く寂しそうな姿に思えた。

「そういう時はテキーラじゃなく、シンガポールスリングとかジンリッキーとか、ロングドリンクを飲んでいたな」

「そうですか」

「そうだ」思い出したようにナッカがちょっと声を張って言った。「そういう時ほどマリーは電話をしてアンジーを呼んでたね。で、『酔っ払ったから送ってよ』なんて言って、アンジーと一緒に帰っていった」

「…………」

やはりまたアンジーがでてきた。そんな思いだった。

「僕も方向が同じだから一緒に乗っけてってよって言って、三人でタクシーで帰ったことも結構あった。そういう時、何回かに一回は、阿佐ヶ谷経由武蔵境って運転手に言うんだよな。『あれ？』って思った覚えがあるよ。武蔵境より西荻の方が近いのに、何だってわざわざ武蔵境まで行ってアンジーの家に泊まるのかなって。アンジーの趣味は知っていたから、二人の仲を疑ったことはなかったけど。だから余計に『あれ？』って思ったよ」

アンジーを連れて家に帰ってきた時は、たいがい由紀は酔っ払っていて、顔を洗うと早々に自室に引っ込んで寝てしまった。アンジーは、由紀が心配で、あえて自宅に帰らずに、リビングのソファで寝ていたのか。西荻窪のマンションには帰らず武蔵境のアンジーの家に泊まる時は、由紀はもっと具合が悪く、アンジーにつき添ってもらって眠っていたのだろうか。そして翌日には境北病院に行って点滴を打ってもらっていたのか。

今はすべて想像の範囲でしかない。でも、美久は何だかそんな気がした。武蔵境のアンジーのところに泊まったのは、具合の悪さを美久に悟らせまいとしたという答えしか見つけられなかった。しかし、どうして妹の美久にまで隠す必要があるのか。それがわからない。実の姉妹だ、心配し合うのは当たり前だ。世話を焼くのは当たり前だ。なのにどうしてアンジー。

「マリー、どこか悪かったの？」ナッカが言った。「そういえば、初めて会った時より痩せたけど」

「あ、いえ、私の考え過ぎだと思います。急に電話しておかしなことを訊いてごめんなさい」

由紀の剣呑な顔ばかりに気を取られていて、由紀が前に比べてどれだけ痩せたか……そこにまでも思いが行っていなかった自分が、美久はちょっと情けなかった。由紀の尖った顔は、痩せて肉が削げたせいもあったのかもしれないと、いまさらのように思う。

「で、大丈夫？　美久ちゃんは元気？」

ナッカが言った。

「あ、私は大丈夫です。お蔭さまで元気にしています」

「家に籠もってばかりじゃ駄目だよ。美久ちゃんはクラブは苦手そうだから、今度井の頭公園でも散歩してご飯食べようよ。よかったら阿佐ヶ谷にも遊びにきて。結構面白い飲み屋があるよ。案内する」

「どうもありがとうございます。また私からも連絡します」

「きっとだよ」

そんな感じで会話を締め括り、ナッカとの電話を終えた。

終えた後、美久の脳裏に浮かんでいたのはナッカの顔ではなかった。またしても少し黒めのアンジーの顔。深さを感じさせる黒い瞳。

ナッカより由紀の状態を承知していたのはやはりアンジーだ。アンジーが秘密の何割かを握っている。

アンジーの顔を思い浮かべながら、好むと好まざるとにかかわらず、一度はアンジーと会うことになるだろうと、美久はぼんやり思っていた。

7

お姉さん——中田由紀さんの担当医の佐々木です。

中田さん、お亡くなりになったそうですね。どうもご愁傷さまです。——え、交通事故で？　そうでしたか。それは何と……。

立ち入ったことをお伺いするようですが、どのような事故で？　中央高速での障壁への激突事故？　いやいや、それはお気の毒なことでした。

中田さんは、昨年六月五日に第一内科の外来から私の方にまわされてきた患者さんです。自覚症状として根深い疲労感と背中の鈍痛がおありで、六月十八日と十九日、一泊入院していただいて、こちらで詳しい検査をさせていただきました。そうしたところ、悪性リンパ腫ということがわかり、膵臓(すいぞう)にもがんが見つかりました。膵臓の方は、もうすでに手の施しようのない状態で、がんとしては末期でした。進行の早いがんだったのでしょうね。それに膵臓がんというのは、自覚症状がでにくいし、なかなか見つけにくいがんなのですよ。そのふたつの理由から、自覚症状がでてからあっという間に末期にまで至ったのでしょう。中田さんはまだ三十一歳とお若かったことですし、その分進行も早かったのだと思いますよ。そしてさらに詳しく調べたところ、がんは、進行の早さを示すように周囲の筋膜にも及んでいました。

ですから、私としては、つらいところでしたが中田さんに余命宣告をせざるを得ない状況となり、検査結果をお伝えする時、お身内のかたがいらっしゃればご一緒にと申し上げました。結果からして、お一人で受け止められないかたも多いですから。

ですが、中田さんは、両親はすでに亡くなっているし、自分には兄弟姉妹もいないからとおっしゃって、一人で検査結果をお聞きになりました。つまりは一人で余命宣告を受けられたということですね。でも、中田さんには、あなたという妹さんがいらっしゃったのですね。

余命ですか。八ヵ月から十ヵ月、残念ながら一年はもたないだろうと、画像をお見せしながらお伝えしました。中田さんは、実に冷静に、私の話をお聞きになっていらっしゃいましたよ。実に落ち着いておられました。ああ、妹さんも画像をご覧になりますか。

これが膵臓です。そして白い影のように映っているところががん。膵臓ほぼ全体を覆っていることがおわかりでしょう？

手術ですか。この状態はステージⅣのbという段階で、完全に末期です。手術での摘出は無理ですね。それにお姉さんの場合、悪性リンパ腫もありましたから、手術は命取りでしかありませんでした。

検査結果をお伝えした日ですか。一泊していただいた日の二日後ですから、六月の二十一日です。

余命宣告をさせていただいた際、数ヵ月という範囲のことであれば、延命治療ということで、抗がん剤の投与、放射線の照射等の治療が望めることもお伝えしました。命を生き切るということで、私は治療を受けることをお勧めしました。しかし、中田さんは延命治療の必要はないとおっしゃって、痛み止め薬の処方だけを希望されました。宣告したのちも、病院にいらっしゃることはありました。でも、痛み止めの投与が目的で、治療ということではありませんでした。痛み止め、モルヒネですね。そのために来院された時は、相当に痛みがあったと推察されます。それも、最後にいらしたのが十一月の二十二日で、以降はお見えになっていませんでした。

もう無理という時は、ご連絡をいただければ、病床の用意をして入院を受け入れる旨、お伝えしてありました。

でも、中田さんからのご連絡はないままでしたね。系列のホスピスがありますので、それもお伝えしてありました。また、系列のホスピスがありますので、それもお伝えしてありました。


ですから私は、中田さんが亡くなられたと聞いて、てっきりご病気でと言いますか、余命が尽きてのことと思いました。ちょうど八ヵ月と厳しい時期でしたからね。

中田さんは、妹さんであるあなたにも、何も話していらっしゃらなかったのですね。ご心配をかけまいとなさったのでしょうか。それにしても……最後まで入院なさることもなく、いや、実際我慢強いかたです。感服します。最後までふつうに動きまわられていたのでしょう？　大変な精神力です。しかし、その最期が交通事故とは――。

えっ、この春ご結婚の予定もあったのですか。

いや、残念です。心からお悔やみ申し上げます。


佐々木から話を聞いた後、美久は信濃町からJR総武線に乗り、そのまま中央線に乗り換えることもせず、総武線に乗ったままゆっくりと西荻窪まで帰った。総武線の座席にいったん坐ったら、新宿で乗り換えをするだけの気力が湧かなかったのだ。

やはり由紀は病気だった。それも余命宣告をされるような死病だった。

佐々木は検査をしたのが六月の十八日と十九日、結果を伝えたのが二十一日だと言った。

それは由紀が行く先も告げずに旅行にでた十二日間と重なるというか含まれる。

由紀は、思わしくない結果がでることを予期していたのだと思う。その結果を聞いて、真っ直ぐ家には帰れない。帰ればどうしたって顔や態度にでてしまうからだ。

(悪性リンパ腫、膵臓がん……余命八ヵ月から十ヵ月……)

恐ろしいし、悲しい。そして寂しくもある。あまりに酷い結果だ。それを宣告されれば、誰だってふつうではいられない。美久なら言われたとたんに動転して、色と言葉を失ってしまうだろう。とても一人では受け止めきれない。

ここからは美久の想像になるが、だから由紀は温泉地かどこかのホテルに泊まって、自らの来し方を振り返るとともに、死が自分に訪れる八ヵ月から十ヵ月後まで何をしてどう過ごすかを、一人考えていたのだと思う。そう遠方ではあるまい。案外由紀は勝手知ったる都内のホテルで時を過ごしていたのかもしれない。

そんななか、由紀は艶やかな長い髪を、思い切って短く切った。そしてがらりと豹変した。アグレッシヴでヒステリックで、時にエキセントリックで暴力的でわがままで、言動には一貫性を欠き……悪い方に一変した。たしか由紀は自分を解放することにしただけだというようなことを言っていたが、果してそういうことだったのか。だとすれば、豹変してからの由紀が本当の由紀であり、本性を曝け出した状態だということになる。でも、生まれた時から由紀と一緒に過ごしてきたし、紀明と留美の死をともに乗り越えたからわかる。それが由紀の本性であるはずがない。なのに由紀はどうして人生の残り八ヵ月を、狂女と言いたくなるような状態で過ごしたのか。振る舞ったのか。

余命八ヵ月から十ヵ月となれば、仮に式は挙げられても、悠介と夫婦として過ごす時間はほとんどないことになる。そのことに絶望したのか。

(自棄になっていたということ?)

電車に揺られながら美久は思った。

(絶望して自棄になって、あんな振る舞いをしたということ?)

それも違うような気がした。

由紀の性格からしてもそぐわない。悪い結果を予期して覚悟もして、旅支度までして一人で冷静に余命宣告を受けた由紀が、自暴自棄になって、周囲を巻き込む嵐を起こしたとは思えなかった。

(最後に痛み止めの点滴を打ちにきたのは、十一月の二十二日って、先生言ってた)

それは銀画材の創立記念パーティーの前日ということになる。着物をきてパーティーを乗り切る自信がないほど痛みがきていたから、由紀は慶明医大病院を訪れたのか。あの時点で、由紀は相当に具合が悪かったということだ。

そう考えると、アンジーに迎えを頼んだこと、さっさと着物を脱いでナッカを待たずにアンジーと出かけてしまったことにも納得がいくといえば納得がいく。由紀は早く人と人目から解放されて休みたかったのだ。アンジーと飲みに行くと言って出かけたが、本当の行く先はアンジーの家ではなかったのか。

（やっぱりアンジーは何か知っている。アンジーに会って、アンジーから話を聞かなくては）

西荻窪の駅のホームに降り立ちながら、改めて美久は思っていた。

8

ケイタイ、由紀さんからの着信だったのでちょっと驚きましたが、美久さんとまた会えて嬉しいです。アンジーさん……アンジーと呼び捨てでいいですよ。周囲からはアンジーと呼ばれていますが、私、アンジェロ・サルファンといいます。よろしく。

ああ、お葬式のことは気にしないでください。由紀さんと最後のお別れができなかったのは寂しかったですが、仕方のないことです。会のことをよく思っていない人がいることは、私も知っていますから。

由紀さんとは、六本木の「フェブリエ」というバーで初めて会いました。カウンターで一人お酒を飲んでいた由紀さんは……何と言うか、もの悲しげで寂しそうに見えました。

私が会の幹部で、会の関係で日本に来ていることは、最初に話しました。後で言って騙したように思われるのは嫌ですから、私は誰に対しても、いつも先に言うようにしています。由紀さんに対しても同じでした。

由紀さんの病気ですか。詳しいことは聞いていませんでしたから知りません。でも、由紀さんが何かの病気だということは知っていました。よくない病気で、とても疲れるし時々からだじゅうが痛むと言っていました。由紀さん、それをまわりには知られたくないと、そうも言っていました。それで、「互助、共助、共闘」の精神があるのなら、助けてほしいとも言われました。

私には、由紀さんが何を考えているのか、よくわかりませんでした。でも、由紀さんが本当はやさしいよい人だということはわかりましたから、由紀さんの申し出に従ってサポートすることにしました。つき合ってみると、余計に由紀さんが何の差別の心も持たない素敵な人だということがわかりました。

暴言や暴力ですか。暴言……ああ、酷い言葉ですか。そういうことはまったくありませんでした。私と二人きりで会っている時の由紀さんは元気がなく、つらそうでした。そして、いつも私に「ありがとう」と繰り返し言っていました。それでいて、「フェブリエ」では深酒をするし煙草も喫う。無理をしていたと思いました。

なぜまわりに病気のことを秘密にするのか、妹の美久さんにまで秘密にするのか、それも訊きました。でも、自分には自分の考えがあるからと、それしか答えてくれませんでした。そしてとにかくこのことは、誰にも絶対に話さないようにと、重ねて口止めされました。ですから、こうして美久さんに話しているのは、由紀さんに対する裏切りかもしれません。私は由紀さんの魂に、それを詫びねばなりません。

境北病院ですか。そうです。私が連れていった病院です。境北病院は私もかかったことがありますが、あそこは院長先生がよい人で、頼めば点滴も打ってくれることを知っていましたから。それで時々由紀さんも、境北病院に点滴を打ってもらいに行くようになったんです。それにも私がつき添いました。

会にも、市ヶ谷に笹岡記念病院という病院があり、入院施設もあります。ボランティアで世話をしてくれる会員も出入りしています。由紀さんにも一度笹岡記念病院にかかることを勧めたのですが、由紀さんは、自分の病気のことはわかっているからと、それを断りました。だから私はそれ以上は勧めず、時々気功治療をしてあげていました。私は、会で気功を習いましたから。

はい。私のうちに泊まる時は、とりわけ調子の悪い時でした。私は自分のベッドに由紀さんを寝かせ、自分は床に布団を敷いて眠りました。夜中に苦しがっている時は、背中をさすってあげました。

玉木さんや川上さんを紹介したのは、由紀さんがそれを望んだからです。杉並地区の女性幹部に会いたいと。由紀さんは会には興味がなく、入会を望んでもいませんでした。なのに「どうして？」と、私も不思議に思いました。でも、由紀さんが望んだのでそれに従いました。

玉木さんと川上さんは、由紀さんのうちにも行って美久さんとも会ったそうですね。由紀さんは美久さんのことが心配だったのでしょうか……どうして家に招いたのかまでは、私にもよくわかりません。

とにかく由紀さんが亡くなって、私も寂しいし悲しいです。

美久さん、おかしなことを言ってもいいですか。気を悪くしないでくれますか。

由紀さんは、本当に事故で亡くなったのでしょうか。いえ、事故が起きたことは事実でしょう。現にそれで由紀さんは亡くなった。でも、私には由紀さんがそんな無謀な運転をするとは。

……そうです。事故のことを聞いた時、私は自殺ではないかと思いました。もうあの頃由紀さんは、ふらふらの状態でしたから。私も、こうなったら由紀さんがどんなに拒んでも、笹岡記念病院に入院させようかと考えていたところでした。笹岡記念病院には、ホスピスの施設もあるのです。その矢先の事故でした。

私には、由紀さんがもうまわりに隠しておくことができないと悟って、自殺したように思えました。

勝手なことを言ってごめんなさい。私の考え過ぎかもしれません。きっと考え過ぎでしょう。余計なことを言いました。美久さん、本当に気を悪くしないでくださいね。

ああ、私に「ありがとう」とおっしゃってくださるんですか。こちらこそありがとうございます。そして、ありがとうございました。

私は、由紀さんに出逢えてしあわせでした。私のような人間を頼ってくれる人がいるということが、私にとっては何よりのしあわせでした。誰かの助けとなるために、私はこの世に存在するのだし、この日本にやってきたのですから。由紀さんとのことが、私にとっては日本に来て一番のよい思い出でした。

由紀さんも私を親友だと言ってくださっていたのですか。そうですか。とても嬉しいです。その言葉は、何よりのプレゼントです。

ああ、由紀さんにはもう会えないのですね。悲しいです。本当に悲しいです。

9

アンジーと別れてマンションの部屋に帰ると、美久は煙草に火を点けた。

由紀の置き土産だ。煙草など、一等最初に捨ててしまっていいものだったが、大切なものが収められている抽斗に、喫いかけの煙草の箱がライターとともに無造作に置かれていたので、そのままにしてあった。抽斗のなかのものの整理と処分は最後と決めていたこともある。

こわごわ煙草の煙を肺に喫い込む。喫い込んでも、噎(む)せたり咳(せ)き込んだりすることはなかった。ただ、もちろん美味しいとは思わなかったし、くらくらと眩暈(めまい)がして、その後気持ちが悪くなった。それでもなお二口三口喫ってから、美久はキッチンの蛇口の水で火を消して、煙草を三角コーナーに捨てた。

それから脱力したようにリビングのソファに腰を下ろしたが、まだ軽い眩暈と気持ちの悪さは続いていて、美久は縋り付くようにソファの背もたれに身を委ねた。

悪性リンパ腫と末期の膵臓がんを抱えながら、由紀がこんなものを喫っていたのかと思うと、ひとりでに瞳に涙が滲んだ。それは気持ちの悪さがもたらした涙だったかもしれない。悠介の目の前で煙草を喫い、コーヒーカップに突っ込んで煙草を消したという由紀。その時どんな心境だったのだろう。

気持ちの悪さが治まらず、美久は冷蔵庫からペットボトルをだしてグラスにミネラルウォーターを注いでそれをごくりごくりと大きく二口飲んだ。それでようやく少し落ち着いたようになり、再びリビングのソファに腰を下ろした。

アンジーに会ったのは、やはり正解だった。慶明医大病院の佐々木とアンジーに会ったことで、多くのことがわかった。由紀が死病に取り憑かれていたことは言うまでもないが、それがゆえに由紀が自暴自棄になっておかしくなったり気が変になったりしたのではないということもわかった。エキセントリックで気まぐれで暴力的な女性を装いながらも、その実由紀は正気を保っていた。アンジーにだけは変わる以前の顔を見せていたということが、それを証（あか）している。心療内科の医師の前でも正常を装えたということもその証（あかし）のひとつだ。

しかし、まだわからないことはある。由紀はどうしてそんなことをする必要があったのか。少なくとも美久や悠介に対しては、本当のことを話して、以前の通りの由紀であってもよかったのではないか。苦しくてつらくて甘えるのなら、その相手はアンジーではなく、本来美久か悠介であって然るべきだった。それがどうしてアンジー？　しかも、信親会に入会するつもりもないのに、女性幹部を家に招いて美久に会わせたりしたのはなぜなのか。

美久を困らせようとしてのこと、自分はおかしくなってしまったと思わせようとしてのこと……そういうふうにしか考えようがなかった。美久を詰ったり叩いたり蹴ったりしたのも同じ理由。美久を困惑させ、振り回したかったから。

(何でなの、お姉ちゃん。どうしてわざとそんな真似をしたの?)

美久は心で由紀に向かって呟いた。

(やさしいまんまのお姉ちゃん、穏やかなまんまのお姉ちゃんでよかったじゃないの。つらくて苦しくて寂しい時は、私にそれを訴えて、わんわん泣いたらよかったじゃないの)

もちろん、その相手は悠介であってもいい。事情を知ったら悠介は、悲しみながらもしっかりと由紀を受け止め、最後までやさしくケアしてくれたに違いない。

その時、突然、もうずいぶん昔に由紀が真剣な面持ちをして、美久に言った言葉が耳に甦った。紀明と留美が亡くなって、三鷹台の家を引っ越そうという話になった時のことだ。

「ここにはお父さん、お母さんの思い出が詰まり過ぎているから。みんないい思い出ばっかり。でも、いい思い出って、その元みたいなものが失われてしまうと、逆につらい思い出にしかならないものなのね。私、お父さんとお母さんを亡くしてみて思い知ったわ」

たしか由紀はそう言った。

事実、列車事故で紀明と留美の二人を同時に失った時は、美久はいつまでもめそめそしていた。何ヵ月か経ってもそれは変わらず、家族で旅行に行ったりした特別な思い出はもちろん、日常の小さな思い出にも胸が詰まったようになり、涙を流したりしていた。由紀の英断、あの時引っ越していなかったら、よい思い出に逆に苦しめられるという状態は、もっと長く続いていただろう。

かたや、由紀が事故で亡くなった時はどうだったろう。驚いたし悲しかったことは言うまでもない。一方で、美久はぽかんとして泣くのを忘れていたようなところがある。心の内で、これで嵐は終わったのだとさえ思っていた。

由紀がサルガデロスの置物を叩き壊していた時のことが思い出された。一緒に行ったスペイン旅行の思い出が粉々になったと美久は嘆いたが、それこそが、由紀の望んだことではなかったか。よい思い出というのは、つらい思い出にしかならない。人を悲しみからなかなか立ち直らせない。紀明と留美が亡くなった時に、それを身にしみて思い知ったから、由紀は自分の命が尽きるまでの八ヵ月から十ヵ月の間に、よい思い出をずたずたにしておこうと考えた――。

だからだ。由紀は服も古いものは捨ててしまって、これまでの由紀とはそぐわないような服を残した。自分が紀明と留美の遺品整理をしただけに、そのつらさがわかっていたからだろう。事実、ダコタ・ラ・ベールやジャン＝ポール・ゴルチエの服を処分するのに心の痛みは生じなかった。

（お姉ちゃんの嘘つき）

美久は心のなかで由紀に言った。

だが、怒った時の鬼気迫るような表情、瞳に灯した狂気の炎……あれらも由紀の演技だったのか。だとすればアカデミー賞ものだ。あんな顔や目ができたのは……死病とそれに伴う痛み苦しみを内に抱えていたから――由紀は由紀で必死だったのかもしれない。尋常ならざる精神力というよりほかにない。

美久は由紀の部屋に行き、由紀のケイタイを手に取った。最初の頃に何度か確認したように、アドレス帳に慶明医大病院や境北病院の電話番号はなかった。由紀はもう演技を続けることもできないと悟った時、ふたつの電話番号を削除したのか。アンジーの言う通り、あの事故は事故ではなく、由紀が意図的に引き起こしたもの、自殺だったのか。急に車を買ったりしたのも、自分の最期を締め括る道具としてのことだったのだろうか。

その一方で、由紀はカードケースに慶明医大病院と境北病院の診察カードを残した。自殺を覚悟したならば、それも処分していてよかったのではないか。いや、処分すべきだった。

（お姉ちゃん、どうして？　どうして診察カードを残したの？　あれは自殺じゃなくて事故だったの？）

美久としては、事故だったと思いたかった。けれども、それは希望を孕んだ思いだった。

二枚の診察カード以外は、アンジーの言った通り、事故ではなく力尽きた由紀の自殺と考えた方が辻褄が合う。

（賭け？　最後のメッセージ？）

自分はエキセントリックで暴力的な女という演技をしたままこの世から消えてしまう。その方が、美久や悠介の悲しみが少なくて済むからだ。その準備と演技は充分にした。あとは自分で自分の命と人生を畳むだけだ。

もちろん美久も、悠介が由紀から解放されてほっとしたとは思っていない。悠介はもっと度量の広い人間だ。でも、自分も耐えるだけは耐えた、やれることはやったという思いは多少は抱いたのではないか。

自分の死後のことを考えた時、由紀の胸に一抹の寂しさが生じた。で、美久が気づくか気づかないかわからないが、ひとつの賭けかヒントとして二枚の診察カードを残すことにした――。

だとしたら、それは由紀の業のなせるわざという気がした。完璧にやりきった。でも、やはり誰かにその裏側を、承知していてもらいたい。その手がかりだけは残したい――。

創立記念パーティーでは、以前と変わらぬ由紀を装えたことからしても、由紀はやはり正気だったと考えるべきだ。つまりは、今日アンジーから聞いてきた話が事実に一番近い。自殺による死を前にして、由紀はたったひとつ、美久にメッセージを残した。ひょっとすると由紀はそのことを、あの世で後悔しているかもしれない。

診察カードを残さなければ、計画は完璧だった。アンジーという〝証人〟は残ったが、もしも境北病院の診察カードがなかったら、美久もアンジーに会いにいくことはなかった。

（どうしよう……）

その時、美久の脳裏に浮かんでいたのは悠介の顔だった。

悠介とは、久しぶりに明日、夕食をともにする約束をしていた。

「遺品の整理、ご苦労さま。でも、たまには気分転換も必要だよ」

そう言って、神楽坂で見つけたという平家の落人料理の店に誘ってくれたのだ。

（やっぱりこのことは、悠介さんには話さなければ）

そう思う気持ちの一方で、話してはいけない、秘密にしておかねばならない、それが悠介のためだという気持ちが働く。いや、そこには自分に対する嘘も交じっていたかもしれない。話してまた悠介の気持ちが由紀に向いてしまうことが怖い――。

（どうしよう……）

一夜明け、当日になっても美久の心は右左に揺れ、定まらないままだった。定まらないまま、悠介に会いにいく。

「ああ、やっぱり誘い出してよかった」

美久の顔を見ると、悠介は頬笑んだ。いつもと同じ柔らかで温かな笑みだった。

「美久ちゃん、ちょっと疲れたような顔をしている。今日は少し整理のことは忘れて、くつろいでゆっくり食事をしようよ」

「椎葉（しいば）」という小料理屋にはいり、悠介と差し向かいに坐る。悠介の穏やかな顔を目の前にしてしまうと、それを打ち崩すのが憚られて、美久はなおさら由紀の真実を告げられなくなる。

「美久ちゃん、ちょっと痩せたよね。今日はしっかり食べなよ。食べることは大切だから」

「はい。いただきます」

そう言って冷酒を飲みながら食事を始めても、つい話すべきか否かという迷いが胸に生じて顔が曇って俯（うつむ）きがちになる。それをまた悠介が心配する。

「今日は時々深刻そうな顔をするね。何かあったの？」

「あ、いえ。ただ……」

美久は言い澱んだ。

「ただ何？」

悠介に先を促されて、美久は顔を上げた。そして言った。

「悠介さんにお渡ししたいものがあって」

「渡したいもの」

「はい」

頷いてから、美久はバッグから小さな包みを取り出した。

「悠介さんが姉に贈ってくださった婚約指輪と時計です」

言うと、「ああ」といった調子で悠介がゆっくり二回頷いた。

「ほかにもいただいたものはたくさんあると思うのですが、婚約に関わる品だけは、悠介さんにお返ししないといけないと思って」

「そうだね。それは僕が引き取った方がいいね。ほかのものは……申し訳ないけど美久ちゃん、適当に処分してくれる？」

「それでよろしいんですか」

「うん。そうしてもらえれば有り難い」

「わかりました。では、そうさせていただきます」

「そうか。それで今日は美久ちゃん、何だかぎくしゃくしていたのか」悠介は言った。「悪かったね。それについては僕から先に引き取ると言うべきだった。ごめん」

「あ、いいえ。そんなことは」

「さあ、このことはもう忘れて食べよう。これはお寺さんに相談して、僕も然るべき処分をちゃんとするから」

「わかりました」

値の張る品だ。とはいえ、売る訳にもいかなければ、ゴミとして捨てる訳にもいかない。悠介は僧侶に事情を話してお経を上げてもらったうえで、僧侶に言われたかたちでの処分をするつもりなのだろう。

すり替えだった。本当に話すべきこと、美久の顔を曇らせていることはほかにある。けれども美久は、それを婚約指輪と時計にすり替えた。この時点で美久の迷いは雲散霧消したといっていい。

悠介には真実を話さない。由紀の病気のこともアンジーのことも……何も話さない。婚約指輪と時計を返してしばらくしてからのことだった。悠介が視線を虚空に投げてぽそりと言った。

「いまさらだ。今日以後はもう僕も言わない。でも……」

「何でしょう？」

今度は美久が先を促す。

「由紀さんはどうして急にあんなに変わったんだろう。その謎だけは残ってしまったね。由紀さんが亡くなってしまった今、永遠の謎だ」

その言葉にどきりとしながらも、美久は応えて言っていた。

「姉は、やはり病気だったのだと思います。心療内科と脳神経外科には一度ずつしか連れていきませんでしたけど、何度か連れていっていたら、何かしらの異常というか不具合が、見つかっていたような気がします。でないとあの極端な変貌ぶりに説明がつきませんから」

「そうだね」悠介は、神妙な面持ちをして頷いた。「由紀さんは病気だった。そう思って、僕も今日限りでその謎についてはもう考えないようにするよ。美久ちゃんにもこの話はもうしない」

（嘘つき）

美久は心で言っていた。むろん悠介に向かって放った言葉ではない。自分自身に向かって言った言葉だ。お姉ちゃんの嘘つき——昨日は由紀に向かって心の内で言っていた言葉を自分が浴びることになろうとは。けれども、そうしなければ悠介の心の安泰は崩れてしまう。本当のことなど、知らせるだけ悠介の心が乱れてしまう。

（嘘つき）

再び美久は心で言っていた。

悠介は、やるべきことはやったし、由紀は死んでしまったということを、今は静かに受け止めている。そのうえで、美久のことを案じてくれている。もはや関わりのない人間としてでなく、同じ経験をした人間として気遣ってくれている。その悠介の心を、美久はどうしても再び由紀に戻したくなかった。

最初に嘘をついたのは由紀だ。それは一世一代の嘘だったかもしれない。だが、周囲のために自らを汚す尊い嘘だった。ひきかえ美久は——。

(嘘つき)

顔には穏やかな笑みを滲ませながら、美久は心の内でまた自分に向かって呟いていた。

エピローグ

千鳥ケ淵の桜が見事に咲き揃った。まさに桜色をした花が、木を覆い尽くしている。見ていて圧倒されるような桜だった。

一年前、桜の頃に納骨をした。だから、これからは桜の季節になるとその日のことをありありと思い出さずにはいられまいと去年は思った。桜とともに消えた由紀。謀ったように桜の時期に墓の下に納まって、お姉ちゃんはずるいとすら美久は思っていた。

しかし、一年が経った今、美久は冷静に桜の花を眺めていた。由紀をずるいと思う気持ちはもうなかった。

二月の十二日、小雪の舞う寒い日に、美久は由紀の一周忌を済ませた。悠介は来なかった。

「一周忌までは……」と悠介は言ったのだが、美久はきっぱりと首を横に振った。美久には珍しい有無を言わせぬ表情であり、首の振り方だったと思う。

「そうだね。僕がいつまでも婚約者の立場で参列するのはおかしいね」悠介は言った。「由紀さんはもうこの世の人ではないんだから」

今日は悠介と九段下のホテルで、窓から桜を眺めながら、昼食をともにする約束をしていた。シスカのクリーム色のワンピースに同じくクリーム色のパンプス——美久はそんな出で立ちだった。コートもシスカの淡い草色のスプリングコート。

由紀の一周忌が終わったら、話したいことがあると、美久は悠介から言われていた。それがどんな内容の話かは、悠介と身近に接していて、美久にも察しがついていた。

スパークリングワインで乾杯をして食事を始めると、悠介は少し改まった様子で美久に言った。

「美久ちゃん、話したいことというのは、この先のことなんだ」

「この先のこと——」

「由紀さんが亡くなって一年でこんなことを言うのは早過ぎるかもしれないけれど、美久ちゃん、僕と正式におつき合いしてもらえないだろうか」

「正式に……」

わかっていたのに、美久は少し驚いて尻込みするような様子を装った。

「そう、正式に。つまりは結婚を前提にということだけど」悠介は言った。「不謹慎だと思わないでね。この一、二年、美久ちゃんと接したり過ごしたりしてみて、美久ちゃんが僕には必要な人だということがよくわかった。だからこれからは由紀さんの妹さんとしてではなく、一人の女性、中田美久さんとして、僕とつき合ってほしい。それを今日は話したかったんだ」

「嬉しいです」

美久は素直に言った。一方で、はっきりとそう言っている自分に驚いてもいた。つい本音がこぼれた――そんなところだった。でも、それではいつもの美久ではない。心のなかで小さく息をついて気持ちを仕切り直す。

「でも、私はあの姉の実の妹です。同じ血が流れています」美久は言った。「姉のようにいつ狂気のようなものが発現するかわかりません」

「そんなことを心配しているの？　美久ちゃんは大丈夫だよ」

「わかりません。姉だって、急にあんなに変わったんですもの」

「いや、美久ちゃんは変わらない」

華子は一度ヒステリックになった由紀を見ている。だが、大友家の人たちは、基本的に由紀が変わったことを知らない。知っているのは、自爆のような事故死を遂げたことだけだ。だから、美久とのつき合いに、驚きはしたが反対はしていないと悠介は言った。

「今日、こうして美久ちゃんに話す前に、両親とも華子とも話をしてきた。どうしても美久ちゃんがいいと説得した」

説得という言葉で、大友家の人たちが、美久とのつき合いに反対はしていなくても歓迎はしていないことが窺われた。それはそうだろう。両親が揃って鉄道事故で亡くなったうえに、婚約者である姉本人が自爆のような交通事故死を遂げた家の末娘、妹。ケチがついた相手と言えばそう言えるし、どこか不幸の匂いがすることは否めない。悠介ならばいくらでも、ほかに似合いの人がいる。

「やはり私でない方がいいですよ」美久は言った。「悠介さん、その方がきっとしあわせになれます」

「僕は美久ちゃんとこの先も一緒にやっていきたいんだよ」

「悠介さん――」

「大丈夫。美久ちゃんがいい娘だということは、うちの方でもわかっているから」

「でも、銀画材の跡継ぎである悠介さんの妻という役割が務まるかどうか、私には自信がありません」

美久は言った。本来、その器でないことぐらいは、自分でも承知していた。

「銀画材の方は、手伝ってくれても手伝ってくれなくても、どちらでも構わない。流れのなかで、美久ちゃんの好きにしてくれたらいい。だから今は、銀画材を抜きにして、僕と交際することだけを考えてくれないか」

「本当に私でいいんですか」

「美久ちゃんがいいんだよ」

　昨日の晩、美久は夢を見た。内容はよく覚えていないのだが、途轍もない寂しさに襲われた夢だった。寂しくて悲しくて、美久は夢のなかで紀明と留美を懸命に探した。探していて、もう二人はこの世に存在しないのだということに思い至った。続けて美久は由紀を探した。

「お姉ちゃん、お姉ちゃん」――。

　けれども、由紀ももういないのだということに気がついた。次に美久が探し求めたのは悠介だった。悠介はいた。美久は夢で悠介を見つけてどんなに救われたか。夢のなかで美久は悠介に抱きつき、おんおんと泣いた。しがみついて泣いた。そこで目を覚ました。

　目を覚ましてみて、紀明や留美、それに由紀はもはやこの世に存在しないのだということを、改めて悟った。同時に、たしかに悠介は存在するということも。悲しい時、つらい時、自分が縋って泣ける相手は悠介しかいない。それをはっきりと確認して、美久はどうしても悠介と離れたくないと思った。いや、悠介を放してなるものかと思った。

「じゃあ、いいんだね？　美久ちゃん、これからは特別な人として僕とつき合ってくれるんだね？」

念を押すような悠介の言葉に、美久は消え入るような声で「はい」と言い、こくりと小さく頷いた。

「よかった」安堵したように悠介が頬笑んだ。「これで僕らは前に向かって歩きだせる。いや、これで由紀さんのことを忘れてしまうということじゃないよ。僕は由紀さんとのいい思い出だけを覚えておこうと思っている。それでも構わない？」

「はい」

自分の死期を知って、由紀がついた大嘘と由紀が打った大芝居、そのからくりを、美久は今も悠介には話していない。話さぬまま、由紀が得ていた悠介の婚約者という席を、自分が得ようとしている。そのことに、胸にちくりと痛みを覚える。その一方で、それが悠介のためであり、由紀が望んだことなのだと言い訳をしている自分がいる。

由紀が亡くなっても、悠介との関係が途切れることなく続いて、いっそう心が近づいていくにつれ、美久はこれも由紀が狙ったことなのではないかと思うようになっていった。つまりは、美久の恋人として悠介を残そうとした。でなかったら、由紀は瀬戸英則と美久のつき合いを鉈で断つような真似をしただろうか。美久に悠介という最高の相手を残すためにも大芝居を打ち、英則を美久から引き離したのではないか。

それも美久の自分に都合のよい勝手な考えだった。でも、美久はそう思おうと思った。そう思いたかったしそう信じたかった。

（お姉ちゃんがくれた最高のプレゼント、私は絶対放さない）

美久は心のなかで呟いた。

由紀が亡くなってたったの一年、それで悠介が美久に正式な交際を申し込むのは早過ぎはしないかと思う人もいるかもしれない。悠介が悠介なら美久も美久で、あと一年、せめて由紀の三回忌が終わるまで待ってほしいと悠介に言うのが本当かもしれなかった。人の心の整理というのは、そう簡単なものではない。

でも、これから一年は待てない。一年は長過ぎる。なぜなら、悠介はまだ魔法のなかにいるからだ。美久とともに由紀の言動にはらはらし、その行動に振り回されたという共通体験をした同士ということが招いた恋の錯覚であり、由紀が仕掛けた魔法だ。その魔法が解けてしまう前に、美久は本当に悠介にとって特別な存在になっておかねばならなかった。

（お姉ちゃんの嘘つき）

窓の外の桜に目を遣りながら美久は心で呟いた。それから続けて自分に向かって呟く。

（美久の嘘つき）

「どうしたの？　ぼうっとして」

悠介に問われて視線を悠介の顔へと戻す。

「ううん、凄い桜だなあと思って」

「そうだね。今が一番の盛りだね」

（お姉ちゃん、ありがとう。

美久はお姉ちゃんの嘘を一生黙って生きていきます。

嘘をついたまま、悠介さんと生きていきます）

悠介に向かってほんわりとした笑みを浮かべながら、美久は心のなかで由紀に静かに語りかけていた。

この作品は書き下ろしです。原稿枚数480枚（400字詰め）。

幻冬舎文庫

●最新刊
悪夢の水族館
木下半太

「愛する彼を殺せ」。花嫁の晴夏は、「浪速の大魔王」の異名を持つ醜い洗脳師にコントロールされつつあった。そこへ洗脳外しのプロや、美人ペテン師などが続々集合。この難局、誰を信じればいい!?

●最新刊
僕は沈没ホテルで殺される
七尾与史

日本社会をドロップアウトした「沈没組」が集う、バンコク・カオサン通りのミカドホテルで、殺人事件が勃発。宿泊者の一橋は犯人捜しを始めるが、他の「沈没組」が全員怪しく思えてきて――。

●最新刊
探偵少女アリサの事件簿
溝ノ口より愛をこめて
東川篤哉

勤め先をクビになり、なんでも屋を始めた良太。有名画家殺害事件の濡れ衣を着せられ大ピンチ！そこにわずか十歳にして探偵を名乗る美少女・有紗が現れて……。傑作ユーモアミステリー！

●最新刊
ふたり狂い
真梨幸子

小説の主人公と同姓同名の男が、妄想に囚われ作家を刺した。クレーマー、ストーカー、ヒステリー。「私は違う」と信じる人を震撼させる、一瞬で狂気に転じた人々の「あるある」ミステリ。

●最新刊
光芒
矢月秀作

所詮ヤクザは堅気になれないのか!? 伝説の元暴力団員・奥園が裏稼業から手を引こうとした矢先、ヤクザ時代の因縁の相手の縄張り荒らしに気づく。微かなノイズが血で血を洗う巨大抗争に変わる！

嘘（うそ）

明野照葉（あけのてるは）

平成28年10月10日　初版発行

発行人——石原正康
編集人——袖山満一子
発行所——株式会社幻冬舎
〒151-0051東京都渋谷区千駄ヶ谷4-9-7
電話　03(5411)6222(営業)
　　　03(5411)6211(編集)
　　振替00120-8-767643
印刷・製本—株式会社 光邦
装丁者——高橋雅之

幻冬舎文庫

ISBN978-4-344-42523-1　C0193　あ-60-1